1

Tout BDSM
Trilogie Chef Soumise
Erika Sanders
Série
Tout BDSM

Synopsis

Il se compose des romans suivants:
Chef Soumise 1
Chef Soumise 2
Chef Soumise 3

Tout BDSM est un roman à fort contenu érotique BDSM et, à son tour, un nouveau roman appartenant à la collection **Domination et Soumission Érotiques**, une série de romans à fort contenu BDSM romantique et érotique.

(Tous les personnages ont 18 ans ou plus)

Remarque sur l'auteure

Erika Sanders est une écrivaine de renommée internationale, traduite dans plus de vingt langues, qui signe ses écrits les plus érotiques, loin de sa prose habituelle, de son nom de jeune fille.

Indice

ERIKA SANDERS

TOUT BDSM
TRILOGIE CHEF SOUMISE
ERIKA SANDERS

CHEF SOUMISE 1

13

PREMIÈRE PARTIE
CONSENTEMENT MUTUEL

CHAPITRE 1

La lettre était une bénédiction.

Je pouvais à peine retenir mes larmes.

Cristina venait de terminer ses études culinaires et sa nouvelle entreprise de restauration avait pris un départ difficile.

Il resta dans son petit appartement et vérifia chaque mot de la lettre manuscrite.

Chère Cristina,

J'espère que cette lettre vous parviendra. Pardonnez-moi, mais je n'utilise pas le courrier électronique. Et je n'aime généralement pas les appels téléphoniques. Je ne suis plus à la mode.

Je connais ta mère. Nous nous sommes brièvement rencontrés à la fête d'un ami commun il y a plusieurs semaines. Votre mère a mentionné à plusieurs reprises votre entreprise de restauration. J'y ai pensé et ça a l'air intéressant. Je n'ai jamais engagé de traiteur auparavant.

Si vous êtes intéressé par un nouveau client, contactez-moi et nous pourrons peut-être parvenir à un accord. Je suis un terrible cuisinier. Et j'ai entendu dire que tu es très bon.

Mes meilleurs voeux et bonne chance dans votre entreprise,
Paul

Enfin, pensa-t-elle. La chance commençait à arriver.

CHAPITRE 2

Une semaine après.

Cristina traversait le riche quartier dans sa vieille voiture délabrée.

Il frappait clairement, mais il s'en fichait.

J'étais heureux d'être dans ce quartier pour d'éventuels travaux.

Il se gara à l'entrée de l'adresse qui lui avait été donnée.

Je n'avais aucune idée de ce à quoi ressemblait Paul.

Leur seule véritable interaction a été un court appel téléphonique pour organiser la réunion.

Cristina frappa à la porte.

Répondit une vieille femme noire.

La femme portait une tenue de femme de chambre.

La femme resta étrangement silencieuse alors qu'ils se regardaient.

«Bonjour», dit maladroitement Cristina. "Je suis ici pour voir Paul."

La vieille femme noire acquiesça.

"Viens ici."

Cristina entra et la bonne ferma la porte.

La bonne la fit monter les escaliers d'une assez grande maison.

Cristina regarda autour d'elle avec des yeux pleins d'envie.

Tout était vieux, sombre et rustique.

Il y avait des antiquités partout.

Des peintures classiques étaient exposées sur les murs.

Ils arrivèrent dans un couloir et la femme de chambre ouvrit une porte après avoir frappé en premier.

Cristina entra, puis la bonne partit.

C'était une salle de bureau.

Paul était assis derrière son bureau en train de travailler.

C'était un bel homme dans la quarantaine.

Il avait une expression sur son visage comme une pierre qui était impossible à lire.

Son visage était parfait pour le poker.

Son visage est resté sans expression.

«Veuillez vous asseoir», dit-il.

Cristina était intimidée par sa présence et par son propre manque d'expérience en affaires.

Je n'ai jamais conclu d'accord auparavant.

Elle s'assit à son bureau.

«Vous devez être nouveau dans ce secteur d'activité», a-t-elle déclaré.

"Pourquoi dis tu ça?"

«Je pouvais sentir ta nervosité quand tu es entré. Tu devrais essayer de te détendre. Facile, je suis là pour t'aider avec tout ce dont tu as besoin.

Elle eut un sourire maladroit.

"J'en tiendrai compte."

"D'accord. Maintenant, parlez-moi de votre entreprise de restauration."

"Eh bien, c'est encore assez nouveau," dit-il après une petite réflexion. "Je peux préparer des repas en fonction de vos préférences spécifiques. Si vous avez besoin de restauration pour une fête, je peux embaucher des personnes supplémentaires. J'ai beaucoup d'amis de l'école culinaire."

"Ce ne sera pas nécessaire. Je préfère que vous travailliez seul. Il y a moins de problèmes de cette façon."

Cristina hocha la tête.

"Je suppose que tu vis seul et que tu veux que je te prépare des repas."

"Très rusé"

"Aviez-vous un accord spécifique en tête?"

"Cela dépend," répondit Paul. "Tu es occupée?"

Elle lui fit un sourire embarrassé.

"Au contraire. Tu es mon premier vrai client. J'ai fait de petites choses ici et là. Principalement pour les amis de ma mère qui me rendaient service."

"Voulez-vous des conseils commerciaux gratuits? Ne révélez jamais une faiblesse. Cela ne sonne pas bien."

"Oh bien sûr. Je m'en souviendrai."

«Quant à un accord», répondit Paul. «Pourriez-vous me préparer des repas? Déjeuner et dîner.

"Bien sûr. Ce ne sera pas un problème."

"Excellent. J'aimerais que les repas soient livrés à mon domicile à 11h30 précises. Du lundi au vendredi."

"Bien sûr," acquiesça-t-elle.

"Cet accord, à tout le moins, durera les prochains mois. Chacun de nous a la possibilité d'annuler l'accord à tout moment. Compris?"

"Oui, je comprends."

"Excellent."

"Avez-vous une préférence alimentaire?" Demanda Cristina. "Mes spécialités sont le français, l'italien et différents styles d'Asie ..."

Il secoua la tête.

"Cela n'a pas d'importance. Amenez-la juste à l'heure."

"Bon."

"Maintenant, parlons des chiffres. Comment vous semblez 100 $ par jour? Est-ce juste?"

Les yeux de Cristina s'écarquillèrent.

Le travail et la quantité offerts étaient bien plus que ce à quoi je m'attendais.

Elle a réalisé qu'elle devait avoir l'air d'un imbécile avec une expression de chiot sur son visage, alors elle a retrouvé son calme.

"Cela semble raisonnable," répondit-il calmement. "Si ça va."

"Alors c'est réglé. Pouvez-vous commencer demain?"

"Pas de problème. Mais es-tu sûr de ne pas vouloir essayer ma cuisine en premier?"

"Franchement, je me fiche du goût de la nourriture. Tu es allé à l'école de cuisine. C'est assez bien pour moi. Je ne veux pas m'inquiéter pour la nourriture pendant que je travaille."

Cristina hocha la tête.

"D'accord. Je comprends. Puis-je vous demander ce que vous faites? Votre maison est magnifique. J'adore l'atmosphère rustique."

"J'ai fait plusieurs choses dans ma vie. Je suis marchand d'art ces jours-ci. Je m'occupe également d'antiquités rares. En ce moment, je me concentre sur mon écriture."

"Qu'est ce que tu ecris?" elle a demandé.

"Quelques souvenirs. Je ne prétends pas être quelqu'un de célèbre ou d'important. Mais j'ai quelques histoires à partager. Ce serait dommage que personne ne les entende. Je travaille aussi sur des livres de fiction."

"Oh, cela semble intéressant. Peut-être que je pourrai les lire un jour. J'adore lire des biographies et des mémoires."

Paul sourit légèrement.

«Je ne pense pas que tu sois intéressé.

"Pourquoi pas?"

"C'est une supposition. Mais qui sait? Parfois, je me trompe sur ces choses."

"D'accord," acquiesça maladroitement Cristina.

Paul se leva et se dirigea vers Cristina.

Elle a compris et s'est levée aussi.

Paul mesurait presque un pied de plus qu'elle.

Son physique reposait sur le corps mince et petit de Cristina.

Il tendit la main et ils se serrèrent la main.

"Nous avons officiellement un accord", a-t-il déclaré. "J'attends la première série de repas demain à 11h30 du matin. Ne soyez pas en retard. Je ne tolère pas la désobéissance."

Elle avala sa salive.
"Oui monsieur."

CHAPITRE 3

Cristina était toujours impressionnée par la rencontre avec Paul.

Il s'allongea sur le lit et regarda le plafond.

L'offre semblait trop belle pour être vraie.

C'était presque incroyable.

Mais il avait peur que ce soit une blague cruelle, pensa-t-il.

Il a pris son téléphone et a appelé sa mère.

Sa mère répondait toujours à ses appels en quelques tons.

Quand elle a répondu au téléphone, Cristina n'a pas perdu de temps et lui a tout expliqué.

Aucun détail n'a été épargné.

Cristina a tout raconté à sa mère sur l'offre et tous les sentiments qu'elle avait eu lors de sa rencontre avec Paul.

«C'est merveilleux», répondit sa mère.

"Je sais. C'est un peu fou, non? Mais je ne croirai rien de tout ça tant que ton argent ne sera pas dans ma main. Jusque-là, j'imagine le pire."

"Concentrez-vous sur les pensées positives, Cristina. Votre entreprise prend enfin son envol."

"Je l'espère. Je veux dire, 100 $ par jour pour deux repas? Même si je dis au revoir la semaine prochaine, je serai toujours heureux d'avoir gagné autant d'argent."

"Je ne m'en soucierais pas."

"Que veux-tu dire?" Demanda Cristina.

"Apparemment, Paul a de bonnes réserves financières."

"J'ai réalisé. Sa maison était comme un musée."

"Vous y êtes. Vous n'avez pas à vous soucier de l'épuisement de vos finances. Faites-le simplement plaisir avec de la bonne nourriture, un excellent service, et ne soyez pas en retard."

"Que savez-vous de ce type?" Demanda Cristina d'un ton plus sérieux. "Cela semble un peu bizarre, n'est-ce pas?"

Sa mère réfléchit un instant.

"D'une manière ou d'une autre. Je ne l'ai rencontré qu'une seule fois lors d'une fête. C'est un gars très intelligent. Pas de bêtises. Direct."

«C'est définitivement lui», a plaisanté Cristina.

«Ne le sous-estimez pas cependant. Apparemment, il est un amoureux des femmes.

"Vraiment?"

"C'est ce que j'ai entendu. Assurez-vous de rester à l'écart de son charme irrésistible," plaisanta-t-il.

"Très drôle", répondit Cristina. "Cependant, il n'est définitivement pas mon genre. Trop vieux. Et trop ennuyeux."

"Je suis content que votre entreprise démarre bien."

"On verra."

"Concentrez-vous sur les pensées positives, Cristina."

CHAPITRE 4

Les semaines passèrent.

Cristina avait déjà préparé des dizaines de repas pour Paul.

Et elle avait gagné des milliers de dollars pendant cette période.

La routine quotidienne était toujours la même.

Levez vous tôt le matin.

Cuisiner.

Placez soigneusement tout dans des conteneurs.

Emmenez-le chez Paul avant 11h30 du matin.

Ne soyez jamais en retard.

Et ne désobéissez jamais.

Un jour, on a demandé à Cristina de préparer le déjeuner, qu'elle avait apporté, sur une assiette dans la cuisine.

Puis elle l'a fait.

C'était la première fois qu'elle faisait des tâches ménagères dans la cuisine de Paul.

Elle était fière de sa nourriture.

Elle savait que c'était bon, même si Paul ne l'avait jamais félicitée.

Il est descendu dans des vêtements décontractés.

Comme toujours, son visage était presque sans expression.

Il regarda la nourriture présentée à la table de la salle à manger et ne prit pas la peine de faire des commentaires.

"Dois-je y aller maintenant ?" Demanda maladroitement Cristina.

"Reste un moment. Il y a quelque chose que je veux te demander."

"Bon."

Paul s'assit à la table de la salle à manger tandis que Cristina restait debout.

"Quels autres services proposez-vous ?" Je demande. "En plus de la cuisine."

Cristina a été surprise et a tenu bon.

Il se prépara à plus d'insinuations.

J'étais préparé au harcèlement sexuel.

"Je fais de la restauration honnête. Je cuisine des plats gastronomiques. C'est tout. Si vous cherchez d'autres services, je vous suggère de chercher ailleurs."

"Et pourquoi est-ce que?" il a demandé sévèrement.

"Honnêtement, tu n'es pas mon genre."

« Tu n'es pas mon genre non plus.

Elle était encore plus offensée.

"Ecoute, je pense que notre arrangement fonctionne bien. Continuons comme ça. Rien d'autre ne fonctionnera."

"Pensez-vous que je demande des faveurs sexuelles?" Je demande.

Cristina se figea.

"Ce n'est pas comme ça?"

"Je ne le crois pas."

Son visage est devenu rouge comme des betteraves.

"Oh désolé monsieur."

"Oubliez ça," répondit-il. "Je vous pose cette question parce que ma femme de chambre va bientôt prendre sa retraite. Si vous avez du temps supplémentaire, alors peut-être pourriez-vous m'aider dans mes tâches de nettoyage."

"Que devrais-je faire?"

"Rien de difficile. Nettoyez la vaisselle. Gardez tout propre.".

"Je vais devoir y penser."

"Vous serez bien rémunéré, bien sûr," répondit-il. "Et ne t'inquiète pas, je ne te demanderai pas de sexe. Tu n'es pas mon genre."

Elle rougit à nouveau.

« Je suis désolé avant. Mais je vais y réfléchir. Pourquoi pas?

"Considérez l'offre. Mon travail se déroule bien et j'apprécierais de l'aide pour l'entretien de la maison."

« Vous ne sortez pas beaucoup, n'est-ce pas?

«J'ai déjà parcouru le monde et tout vu», a-t-il répondu. "Dans cette partie de ma vie, je me concentre sur mon écriture. Parfois je sors. J'aime toujours faire de l'exercice. Mais je ne veux pas m'inquiéter de l'entretien de la maison. Tu sembles être une jeune femme capable, alors je t'offre du travail supplémentaire."

Cristina hocha la tête.

"C'est très généreux de votre part."

"Avec l'argent supplémentaire, vous pourriez vous acheter une nouvelle garde-robe et une nouvelle voiture."

Elle était légèrement ennuyée par ce commentaire.

"Je comprends. J'ai besoin d'argent. Tu n'as pas à le frotter."

"Je n'essayais pas de le faire."

"Très bien. Je le ferai. Je ferai quelques tâches de nettoyage supplémentaires pour vous."

"Excellent," répondit-il avec un sourire rare. "Nous discuterons du terrain plus tard."

Elle se dirigea vers Paul et lui tendit la main.

Paul se leva comme un chevalier et lui serra la main.

L'accord était scellé.

DEUXIÈME PARTIE
LA PORTE FERMÉE

CHAPITRE 5

Cristina a réussi à trouver d'autres clients pour quelques petits travaux.

Mais la plupart de son travail a été fait pour Paul.

Elle préparait ses repas tous les jours de la semaine.

Au fil du temps, elle a commencé à faire plus de travail pour lui.

Elle a fait de petits travaux de nettoyage pour un peu plus d'argent.

Cristina avait toujours été une personne désorganisée pour les tâches ménagères, ce qui rendait ironique le fait qu'elle faisait les tâches ménagères pour quelqu'un d'autre.

Mais l'argent était bon, donc il s'en fichait.

La vaisselle devait être nettoyée et arrangée d'une certaine manière.

Windows devait être impeccable.

Les meubles devaient être exempts de poussière.

Paul a nettoyé les sols lui-même.

Paul était une personne très particulière.

Et ces traits rendraient parfois Cristina folle.

Mais l'argent était bon.

D'une certaine manière, Cristina était fière d'aider Paul.

D'une manière étrange, c'était comme s'il aidait Paul à atteindre son objectif de pouvoir écrire ses livres.

Elle se souciait de lui en tant que personne.

CHAPITRE 6

La table de la salle à manger était bien rangée.

Le déjeuner était préparé.

Cristina a regardé l'assiette et a admiré son beau travail.

L'école culinaire en valait la peine.

Il ne pouvait pas attendre que Paul l'essaye, même si Paul n'a jamais fait de compliments.

Paul était inhabituellement en retard pour le déjeuner.

Il n'était jamais en retard.

La porte de l'étage était légèrement ouverte et Cristina écouta pendant que le clavier était utilisé avec fureur.

Elle savait qu'il était toujours occupé.

Elle se dirigea vers les escaliers et se demanda si elle devait l'appeler ou non.

Elle ne voulait pas interrompre son travail.

Mais elle savait que Paul était un homme qui avait besoin d'ordre.

Peut-être qu'il a perdu la notion du temps?

Puis elle l'a vu.

Près de l'escalier, la porte était ouverte, légèrement ouverte.

C'était une pièce dont Paul avait dit qu'elle était interdite.

Paul voulait que je nettoie toutes les chambres sauf cette pièce.

La curiosité de Cristina a culminé.

J'entendais encore Paul écrire à l'étage.

Elle voulait jeter un œil à la pièce secrète.

Je voulais connaître les petits secrets de Paul, aussi petits soient-ils.

Elle s'intéressait à lui.

Elle était intéressée par l'homme qu'elle servait depuis des semaines.

Il fit quelques pas tranquilles vers la porte.

Elle a mis sa tête à l'intérieur.

La pièce était sombre.

Il a allumé l'interrupteur et la pièce était bien éclairée.

À la surprise de Cristina, la pièce était l'endroit le moins élégant de la maison.

Mais ils ressemblaient tous à des antiquités.

Il entra et regarda autour de lui.

Il y avait une variété d'appareils en bois et en métal.

Les dessins semblaient être de l'époque médiévale.

Les appareils semblaient assez grands pour qu'une personne puisse s'asseoir ou se coucher.

Plusieurs fouets et chaînes étaient accrochés au mur.

Il y avait beaucoup de cordes sur une table voisine.

Cristina a utilisé son doigt pour toucher un appareil métallique.

Elle passa son doigt et le regarda.

Le bout de son doigt était recouvert d'une fine couche de poussière.

La pièce n'avait pas été utilisée depuis longtemps.

«Vous ne devriez pas être ici», dit Paul par derrière.

Cristina fut surprise par le son de sa voix et sursauta.

Elle se tourna pour voir Paul debout près de la porte.

"Oh je suis désolé."

«N'ai-je pas dit que cette pièce n'avait plus de devoir? demanda-t-il, marchant négligemment à l'intérieur.

"Je sais. Mais c'était ouvert et j'étais curieux. Je pensais que tu voulais peut-être que je le nettoie."

"Non. J'avais l'intention de le nettoyer moi-même plus tard."

Cristina avala sa salive.

"Votre nourriture est prête. Il commence à faire froid."

"Ça peut attendre," répondit-il en entrant dans la pièce pour regarder les appareils. "Vous devez vous demander de quoi il s'agit."

"Cela ressemble à une chambre de torture médiévale."

"Vous avez presque raison. Certaines de ces choses ont été construites il y a des siècles à l'époque médiévale. Mais pas nécessairement pour la torture."

"Alors pourquoi?"

«Plaisir. Plaisir sexuel», répondit-elle sans détour.

Cristina était surprise.

"Je ne peux pas imaginer comment. Ces choses ont l'air si douloureuses."

"C'est le but."

"Donc, ce sont des dispositifs de bondage, au fond?"

Il acquiesca.

"Ces fétiches existent depuis des siècles. Pouvez-vous croire que ces appareils ont été construits pour les familles royales et la noblesse?"

"Cela ne me surprendrait pas. La plupart des gens riches sont un peu dépravés."

Il haussa un sourcil.

"Est-ce que cela m'inclut?"

"Oh non, je ne voulais pas dire toi," elle recula rapidement.

"Je plaisantais."

Cristina se détendit.

"Bien sûr. Alors pourquoi toutes ces choses sont-elles enfermées dans cette pièce? Pourquoi ne les vendez-vous pas à un musée ou quelque chose comme ça?"

"Peut-être un jour. Mais pour l'instant, j'écris à leur sujet dans mon livre. J'avais aussi l'intention de les prendre en photo. C'est pourquoi la salle était ouverte."

"Votre livre doit être intéressant."

"Je l'espère," répondit-il. "J'ai écrit sur le sexe. Le genre de domination et d'esclavage sexuel."

Cristina haussa les sourcils.

"Vraiment? Tu ne sembles pas être le genre d'homme pour ce genre de chose."

«Alors à quel genre de garçon est-ce que je ressemble?

"Je ne sais pas. Squishy. Fraise. Aucune offense."

"Aucune offense," répondit-il. «C'était une personne très différente il y a des années. Je n'étais pas toujours aussi isolée.

"Quel changement?"

Paul frotta ses doigts contre un appareil métallique.

"C'est une longue histoire. Tu peux lire mon livre quand j'aurai fini de l'écrire."

"Eh bien, j'ai hâte d'y être. Il semble que tu as des histoires intéressantes à raconter."

"Sais-tu ce qu'est un Maître?" Je demande.

"Juste l'essentiel," il haussa les épaules. "Un gars qui commande des femmes. Fouets. Chaînes. Fessée. Ce genre de chose, non?"

"Plus ou moins. J'ai été un Maître pour de nombreuses femmes soumises. De belles femmes aux désirs sombres."

«Les avez-vous frappés? elle a demandé curieusement.

"Parfois."

"Et ces appareils?" elle a demandé. "Les avez-vous déjà utilisés sur vos esclaves?"

"De temps en temps. Mais les méthodes ne sont pas importantes. Il ne s'agit pas de fessées ou d'appareils. Il s'agit de se rendre. Ils me donnent leur corps. Et je fais ce que je veux avec eux. Au final, le plaisir est réciproque."

Cristina resta silencieuse un moment.

Il regarda Paul droit dans les yeux et savait que chaque mot qu'il disait était vrai.

Elle savait que c'était quelque chose avec lequel Paul avait de l'expérience.

Elle savait que c'était quelque chose que Paul avait envie de refaire.

«Votre nourriture devient froide», dit-il.

«C'est tout ce qui vous importe?

Elle se figea un instant.

«Eh bien, c'est pour ça que tu m'as embauché pour la restauration, non?

"Tu es une fille intelligente," dit-il avec un léger sourire. "Vous commencez à m'aimer."

Paul s'approcha et donna à Cristina une tape amicale sur l'épaule.

Puis elle se retourna et quitta la pièce pendant que Cristina était confuse par la rencontre inconfortable.

Elle le suivit dans la salle à manger et le regarda manger.

CHAPITRE 7

Plus tard dans la même nuit.

C'était l'appel téléphonique que Cristina craignait de recevoir ces derniers mois.

"Comment?!" Demanda Cristina.

"Il est enfin temps," répondit sa mère. "Votre père et moi ne vous soutiendrons plus financièrement. Nous pensons que vous êtes assez vieux pour vous débrouiller seul."

"Tu te rends compte que vivre en ville coûte cher, non?"

"Chérie, personne ne t'oblige à vivre en ville. Tu peux toujours rentrer chez toi et trouver quelque chose de moins cher pour vivre."

"Non merci," soupira Cristina.

«Je ne sais pas pourquoi tu agis si surpris. Je te préviens depuis quelques mois. Quand j'avais ton âge, je...»

"Les temps ont changé maman. As-tu vu les nouvelles? Cette situation économique est difficile. Le coût de la vie est fou"

«Mais votre entreprise décolle», répondit sa mère.

"À peine."

"Vous devez avoir un peu plus de sens des affaires si vous voulez réussir. Il y a tellement de clients potentiels en ville. Tout ce que vous avez à faire est de les trouver. Vous êtes une excellente cuisinière et une bonne personne. J'ai confiance en vous, Cristina."

"Oui, vous avez raison. Je pensais aller contacter diverses entreprises pour voir si elles ont besoin de restauration pour les fêtes."

"C'est ça l'esprit d'entreprise", répondit fièrement sa mère.

"Si la vie était si facile."

"Les bonnes choses arrivent quand tu persistes. En parlant de ça, tu travailles toujours avec Paul? Comment ça se passe?"

"Ça se passe bien," dit vaguement Cristina.

"Eh bien? C'est tout? Des détails intéressants?"

"Pas vraiment. Je cuisine pour lui cinq jours par semaine. Il me paie beaucoup d'argent pour le service que je lui donne. C'est un type étrange."

«Regarde qui parle», a plaisanté sa mère.

"Drôle."

"Je plaisante. Tu as raison. Paul semble un peu distant. C'est un gars intelligent, cependant."

"C'est vraiment une personne intéressante", a répondu Cristina. "Et il me garde employé. Donc je ne peux pas me plaindre."

"Vous ne devriez pas faire ça non plus. Si vous voulez que votre entreprise se développe, vous devez toujours satisfaire vos clients. Cela a toujours fonctionné pour moi."

Cristina s'arrêta un instant.

"Tu sais, tu viens de me donner une idée."

"Je ne suis pas sûr que j'aime comment ça sonne."

"Merci maman. Tu es la meilleure."

"Eh bien, prends soin de toi, Cristina. Je te soutiens toujours. Je t'aime."

"Je t'aime aussi maman."

Une fois l'appel terminé, Cristina avait un fort sens de la résolution.

Elle était déterminée à réussir sans l'aide de ses parents.

CHAPITRE 8

Le lendemain.

Cristina attendit attentivement pendant que Paul prenait son déjeuner.

Elle a nettoyé la cuisine et a fait quelques travaux ménagers pour lui.

Quand Paul a fini de manger, elle est retournée dans la salle à manger et lui a enlevé l'assiette.

Avant que Paul n'ait eu la chance de partir, elle se tenait devant la table de la salle à manger dans une posture respectueuse.

"J'ai réfléchi", a déclaré Cristina les mains jointes. "Cet arrangement a vraiment bien fonctionné. Je m'occupe de la plupart de vos repas et de vos tâches ménagères, et vous pouvez donc vous concentrer sur votre travail."

Paul se pencha en arrière, sachant qu'une proposition allait arriver.

"Je suis d'accord. Cela fonctionne bien. Mieux que ce à quoi je m'attendais."

"Alors, comment vous sentiriez-vous si je voulais étendre mes tâches ici? Pour de l'argent supplémentaire, bien sûr."

«Vous faites déjà plus que ce dont j'ai besoin. Et je vous verse déjà un salaire extrêmement généreux.

"J'apprécie ça," dit poliment Cristina. "Mais vous en bénéficieriez davantage si je faisais plus pour vous. Le contact d'une femme est toujours utile à un homme célibataire."

Paul réfléchit un instant.

"C'est un point intéressant. Cela continue."

"Je suis sûr qu'il y a beaucoup d'autres choses que je pourrais faire pour toi."

"Comme quoi?"

Cristina réfléchit un instant.

"Eh bien, cela dépend de vous. Peut-être que je pourrais nettoyer ces appareils dans la pièce verrouillée. Cette pièce était poussiéreuse. Je pourrais faire un travail de nettoyage supplémentaire. Et peut-être que je pourrais organiser une fête pour vous."

"Pourquoi êtes-vous soudainement si intéressé par plus d'argent?" Demanda Paul.

"Je pense que vous pourriez profiter du contact d'une femme. Pensez à toutes les fêtes que vous pourriez organiser. Les gens aimeraient la nourriture. Votre vie sociale serait formidable."

"Dites-moi la vérité. Pourquoi avez-vous besoin d'argent supplémentaire?"

Cristina s'arrêta une seconde.

"Mes parents ne vont plus me donner d'argent. Et le loyer dans cette ville est énorme. S'il y a autre chose que vous avez besoin de moi ici, je serais heureux de le faire."

Paul hocha la tête avec sympathie.

"Je vous aime en tant que personne, Cristina. Vous travaillez dur et vous vous amusez à le faire. Mais je ne vais pas vous donner de l'argent gratuit, surtout quand je vous paie déjà généreusement."

"Je comprends," répondit Cristina, essayant de contenir sa tristesse. « Merci d'avoir écouté de toute façon. Je serai de retour demain.

"Je n'ai pas encore atteint mon point final", a-t-il ajouté. « J'essaierai de penser à quelque chose. Quelque chose adapté à vos capacités et à vos attributs. Quand je trouverai quelque chose, je vous le ferai savoir, et vous en serez récompensé.

Elle a souri.

"Ça a l'air génial".

CHAPITRE 9

Les jours passaient.

Paul n'a jamais fait d'offre.

Cristina ne lui a jamais demandé pourquoi il ne voulait pas être une nuisance.

Elle a préparé le déjeuner de Paul comme elle le faisait normalement.

Paul descendit les escaliers vers la salle à manger plus tôt que d'habitude.

Il s'assit et attendit que Cristina préparait encore tout.

"Ça a l'air bien," dit-il quand Cristina apporta l'assiette de nourriture.

C'était vraiment un moment étrange pour lui de la féliciter.

"Merci. C'est de l'agneau rôti avec une garniture de légumes cuits au four."

Paul prit un siège à côté de lui.

"Asseyez-vous. Il y a quelque chose dont je veux discuter avec vous."

Cristina s'assit et attendit ce qu'elle avait à dire.

«J'ai réfléchi à votre demande de travail supplémentaire», a-t-il déclaré. "Surtout à propos du besoin d'une touche féminine ici. Quoi qu'il en soit, je vais aller droit au but, je pourrais utiliser une partie de votre inspiration pour mon écriture."

«Inspiration? Comment est-ce?

"Peut-être que tu pourrais poser pour moi. J'ai eu du mal avec le blocage de l'écrivain ces derniers temps et ça pourrait m'aider un peu à regarder."

Cristina eut une expression d'appréhension.

«Tu es sûr que tu ne veux pas que je organise une fête pour toi ou quelque chose comme ça? Cela fonctionnera probablement mieux.

"Je ne suis pas intéressé à organiser une fête," répondit-il en se penchant en arrière sur sa chaise. «Désolé, je viens de demander. C'était inapproprié.

Elle réfléchit un instant.

"Combien d'argent offrirais-tu?"

"Tout dépend."

"De?"

«Du travail que vous ferez», dit-il. "Je n'ai jamais engagé de mannequin auparavant. Mais je sais que cela m'aiderait à écrire."

"Oh bien, je vais garder ça à l'esprit."

"Ne fais pas ça. C'était une erreur de demander. Si ça ne te dérange pas, j'aimerais manger maintenant. J'ai autre chose à faire plus tard."

"Je le ferai!" Claqua Cristina.

"Quoi?"

"Le travail de mannequin que tu m'as proposé. Personne ne le saura, non? Il reste strictement entre nous, non?"

"C'est vrai," acquiesça-t-il. "Il n'y en aura aucune trace. J'ai juste besoin d'inspiration."

"Je suis intéressée."

Paul poussa un léger soupir.

«Je ne pense pas que tu comprennes. J'ai été précipité dans mon offre. Je ne pense pas que mes goûts soient pour toi.

"Pourquoi pas?"

"Parce que tu avais l'air très mal à l'aise dans la salle de domination."

Cristina était un peu perplexe.

Soudain, elle a réalisé que Paul cherchait de l'inspiration pour ses histoires de domination.

Mais indépendamment de cela, il pensait à l'argent.

"Je peux apprendre à me sentir à l'aise avec ça," répondit-elle. «Donne-moi juste du temps. Tant que personne ne le sait, tout ira bien.

Paul lui lança un long regard sceptique.

"Comme vous le souhaitez. Rendez-vous ici demain à huit heures et demie du matin. Nous trouverons les choses par la suite."

"Je vous remercie."

Cristina se leva et lui tendit la main pour une poignée de main.

Paul tendit la main et secoua la sienne.

CHAPITRE 10

Plus tard dans la même nuit.

Cristina était dans la cuisine en train de préparer les repas du lendemain.

Elle savait qu'elle n'aurait pas le temps de le faire le lendemain puisque Paul s'attendait à ce qu'elle soit là à huit heures et demie du matin.

Une fois que tout fut prêt, Cristina se regarda dans le miroir.

Il se demanda si elle était assez jolie pour représenter Paul.

Il se demanda quelles surprises il y avait dans la pièce.

Que ce soit doux ou non.

Et il se demandait de combien d'argent on parlait.

Paul avait toujours été généreux avec les paiements financiers.

Surtout, elle se demandait à quel point Paul voulait voir la domination.

Le côté rationnel de Cristina contrôlait la situation: l'argent c'est bien.

Et personne ne le saura jamais.

Mon petit secret avec Paul.

Elle se déshabilla et essaya de jolies tenues devant le miroir de la chambre.

Finalement, elle a opté pour une simple robe jaune.

Ce n'était pas trop révélateur.

Et il n'était pas trop prude non plus.

C'était le bon média.

Elle se brossa les cheveux et réfléchit à la quantité de maquillage à utiliser.

Alors elle a décidé de ne pas le faire.

Cela rendrait la situation trop inconfortable.

Tout était arrangé.
Elle était prête pour le travail.

CHAPITRE 11

Le matin du lendemain.

Cristina est apparue chez Paul à huit heures et quart.

Elle voulait s'assurer qu'elle était préparée à l'avance.

Elle portait sa robe jaune.

Ses cheveux étaient bien coiffés et son visage était propre.

Elle était naturellement jolie déjà.

Après que Cristina ait placé les récipients alimentaires à l'intérieur du réfrigérateur de la cuisine, ils se sont assis ensemble dans la salle privée, sur les appareils en bois.

"À quoi tu penses?" Demanda Cristina.

"Cela dépend. Quelles sont vos limites?"

Cristina haussa les épaules.

"Je ne sais pas. Je n'ai jamais fait ce genre de chose avant."

"Alors je suppose que nous ferions mieux de le découvrir."

Les yeux de Cristina scrutèrent à nouveau brièvement la pièce.

C'était la pièce la plus fade de la maison.

Les murs étaient lisses.

Mais il y avait de vieux appareils de différentes tailles et formes.

Ils semblaient tous si intimidants.

"Je garderai l'esprit ouvert", a-t-il déclaré. "Mais je n'aime pas la douleur. Et je ne veux pas que tu me pousses trop vite. Il n'y a pas besoin de se précipiter. D'accord?"

Il acquiesca.

"Merci d'avoir été clair. Vous devez savoir que je suis un homme très patient. Je fais cela depuis de nombreuses années avec d'innombrables femmes soumises. Je ne pousse jamais plus à moins qu'elle ne soit prête."

Ces mots ont envoyé un sentiment étrange dans la colonne de Cristina.

Je ne pouvais pas arrêter de penser à l'expression «femmes soumises».

En un instant, elle réalisa qu'elle pouvait très bien être dans la même position que ces «femmes soumises».

"D'accord," acquiesça-t-elle. "Merci. Alors comment devrions-nous commencer?"

Paul se leva et marcha lentement dans la pièce, regardant chacun des appareils pendant que Cristina était assise dans une position modeste.

Il regardait chaque appareil de telle manière que cela rendait Cristina nerveuse.

"Avez-vous déjà été attaché?" Demanda Paul.

Cristina secoua la tête.

"Évidemment pas."

"Aimerais-tu être?"

"Je ne sais pas."

Il fit un geste vers la table en bois.

"Pourquoi ne pas essayer?"

"Je ne sais pas," haussa-t-elle nerveusement les épaules.

"Est-ce trop pour toi? J'ai besoin de voir quelque chose pour m'inspirer. Te regarder assis là ne va pas m'aider beaucoup."

Cristina se leva lentement et prit une profonde inspiration.

"Je ferai ce que vous voulez."

"Tu es sûre? Cristina, je ne veux pas que tu fasses quelque chose avec lequel tu ne te sens pas à l'aise. Je peux trouver d'autres moyens de te payer."

Elle prit une autre profonde inspiration.

"Non, j'en suis sûr. Nous sommes parvenus à un accord de modèle, et j'ai l'intention de passer à autre chose."

"Tu es sûre?"

"Oui tout à fait."

«Alors allongez-vous», dit Paul en montrant la table en bois.

La table était douloureusement inconfortable.

Il avait l'air vieux et rustique.

Mais c'était suffisamment bas pour qu'une personne puisse facilement mentir dessus.

Il y avait de vieilles barres de métal de chaque côté de la table, ce qui donnait à Cristina une sensation d'inconfort.

Mettant ses sentiments de côté, elle se pencha en arrière sur la table.

C'était douloureux et inconfortable comme elle s'y attendait.

J'étais convaincu que la table était conçue pour la torture, pas le plaisir.

Il se demandait comment quelqu'un pouvait prendre plaisir à une telle chose.

Il s'allongea au centre de la table et regarda directement le plafond.

«Je vais te nouer les poignets,» dit-il, debout sur sa tête.

Elle resta silencieuse pendant un moment en regardant la silhouette de Paul se tenant au-dessus d'elle.

"D'accord," répondit-elle en soulevant ses poignets. "Avant."

Paul prit doucement ses poignets et les porta à la barre de métal sur la table.

Le bar était froid comme elle s'y attendait.

La texture contre sa peau n'était pas très lisse, ce qui était un signe que la barre avait été fabriquée il y a longtemps, avant les machines modernes.

Elle le sentit attacher ses poignets au bar avec une corde épaisse.

Cristina ne prit pas la peine de regarder.

Elle garda les yeux sur le plafond.

"Ça fait mal?" Je demande.

"Je ne vais pas bien."

Ses pas ont été entendus à travers la pièce.

Cristina ne prit pas la peine de regarder Paul.

Mais elle se demandait à quoi pensait Paul.

La voir dans une jolie robe, les poignets attachés, doit être excitant pour Paul, pensa-t-il.

"Dites-moi encore," dit-il. "Quelle est votre limite?"

Elle avala sa salive.

"Ne me blesse pas."

« Puis-je ouvrir votre robe? demanda-t-elle d'une voix douce.

"Non, pas ça."

"Alors je suppose que vous avez d'autres limites," répondit-il avec un léger sentiment d'amusement.

"Je suppose."

"Puis-je te toucher?" Je demande. "C'est parfaitement bien si tu refuses. Mais depuis que nous sommes arrivés jusqu'ici, tu as certainement l'air attirante."

"Si tu veux," répondit-elle timidement.

"Ce n'est pas ce que je veux. C'est ce avec quoi tu te sens à l'aise."

Il lutta avec ses pensées pendant un moment.

"Je suis à l'aise avec ça. D'accord. Vas-y si tu veux. Je veux dire, je suis à l'aise avec ça."

« Tu es sûre, Cristina? Je ne veux pas te mettre la pression si tu n'es pas à l'aise.

"Tant que vous, vous savez ..."

« Tant que cela vous compense financièrement? demanda-t-il, à moitié amusé.

Son ton et son phrasé rendirent Cristina encore plus mal à l'aise.

"Oui," répondit-elle.

"Vous n'avez pas à vous en soucier".

Cristina s'attendait à des blagues plus sarcastiques en réponse, mais Paul avait fini de parler.

Il marcha vers elle tout en continuant à s'allonger sur la table.

Cristina le vit regarder son corps.

J'étais clairement nerveux.

Elle ne savait pas ce qu'il prévoyait.

Ses yeux ravis et erraient son corps.

Finalement, il se décida.

Et il a fait son mouvement.

Paul se pencha et toucha le genou de Cristina.

Ce fut un contact soudain qui la prit par surprise.

Elle frissonna.

"Est-ce que ça va, Cristina?"

"Je vais bien. Je ne m'attendais pas à ça."

Il glissa sa main sur sa cuisse.

Sa main glissa plus profondément jusqu'à ce qu'elle soit sous sa jupe jaune.

Cristina était mal à l'aise, mais cela la faisait aussi picoter entre ses jambes.

Ses yeux restaient fixés sur le plafond.

"Ça vous dérange si nous continuons plus?" Je demande. "Nous sommes déjà arrivés jusqu'ici."

"Vas-y. Je m'en fiche."

"Tu es sûre?"

"Je suis sûr."

Paul souleva la jupe de Cristina et la poussa vers le haut.

Sa culotte était exposée.

Paul glissa sa main sous la culotte de Cristina.

Naturellement, elle tressaillit à nouveau, mais elle se rattrapa.

La main de Paul frotta son entrejambe.

Le corps et les pieds de Cristina se crispèrent.

«Vous devez vous détendre», dit Paul. "Sinon, cela ne fera pas grand chose."

"Bon."

Cristina a fait de son mieux pour détendre son corps.

Ses yeux sont restés au plafond.

Elle était trop gênée pour regarder Paul.

Elle lui a simplement permis de caresser son entrejambe.

Elle haleta quand Paul joua avec son clitoris.

C'était un mouvement auquel je ne m'attendais pas.

Son instinct naturel était d'atteindre et d'éloigner la main de Paul, puis de se couvrir, puis de gifler Paul au visage, mais les cordes autour de ses poignets étaient serrées.

Elle a donné une légère traction, mais en vain.

«Essayez-vous de sortir? Demanda Paul. «Si tu veux sortir, dis-le-moi et je te détacherai tout de suite.

"Désolé. C'était une réaction instinctive."

"Eh bien, ne réagissez pas comme ça. Ce n'est pas la réaction que je veux."

"C'est bien, je suis désolé."

Les doigts de Paul se déplaçaient dans un mouvement circulaire furieux sur le clitoris gonflé.

Cristina n'avait d'autre choix que de haleter.

Elle était trop surprise pour contenir ses sentiments.

Les doigts ne s'arrêtèrent pas.

C'était un plaisir agréable.

Elle ferma les yeux et apprécia le plaisir de Paul.

C'était une sensation de picotement qui traversait son corps.

«Je peux dire que vous êtes proche», dit-il. "Détendez-vous. C'est presque fini."

Les yeux toujours fermés, Cristina se permit de profiter des doigts de Paul alors qu'ils se délectaient de son petit clitoris délicat.

Des moments passèrent avant que les doigts de Cristina ne se raidissent.

De courts bruits haletants s'échappèrent de ses lèvres.

Ses yeux se crispèrent.

Ses muscles se contractèrent.

C'était un orgasme bien mérité malgré tout le stress de sa vie.

Finalement, son corps se détendit et Paul retira sa main de sa culotte.

Il remit sa robe dans sa position correcte.

Il tapota la cuisse de Cristina, comme s'il avait fait quelque chose de bien.

"Vous avez certainement apprécié," dit Paul en commençant à lui défaire les poignets.

Cristina se sentit libérée.

Elle se redressa et se frotta les poignets, qui étaient légèrement rouges et douloureux à cause de la corde.

La sensation orgasmique a aidé à contrer la douleur.

"J'ai aimé ça," répondit-elle. "C'était sympa. Vraiment sympa. Dieu, je n'ai pas ressenti ça depuis longtemps. Je veux dire, pas aussi bien que toi."

"Je suis content que vous ayez apprécié. Cela m'a rappelé tant de souvenirs, ce qui m'aidera dans mon écriture. Vous avez été une merveilleuse petite inspiration pour moi."

"Je suis toujours heureux de vous être utile."

"Excellent," acquiesça-t-il. "Je ne manquerai pas d'ajouter un bonus à votre chèque à la fin du mois. Je pense que vous avez gagné 5 000 $ supplémentaires pour cela."

Étonnamment, Cristina ressentit un sentiment de honte.

Elle savait que Paul avait de bonnes intentions.

Il a apprécié les cinq mille supplémentaires, ce qui était bien plus que ce qu'il avait négocié.

Mais un sentiment de culpabilité l'envahit, comme si elle venait de vendre son corps et sa sexualité pour de l'argent facile.

Cela la faisait se sentir impure et sale.

«Je ne suis pas une pute», lâcha-t-il, puis le regretta instantanément.

"Je n'ai jamais dit que tu l'étais."

"Désolé," répondit-elle. "J'apprécie vraiment tout. Mais je n'ai jamais utilisé mon corps comme ça, tu sais, pour gagner de l'argent."

Paul secoua la tête, déçu de lui-même.

"Ne sois pas désolé. C'est de ma faute. J'ai été pressé avec toi. Je n'aurais pas dû te demander de modeler pour moi."

Cristina se leva et ajusta sa robe.

«J'ai bien aimé», dit-il. "Je l'ai vraiment fait. Mais c'était un peu bizarre pour moi. Peut-être que nous pourrons le faire une autre fois la prochaine fois? Juste un peu plus lentement."

"Je ne pense pas. Ce n'est clairement pas pour vous."

Cristina lança un regard timide tandis que la sensation d'orgasme traversait toujours son corps.

«Je vais préparer votre déjeuner maintenant», dit-il.

"Je peux le faire moi-même. Tu peux y aller."

Elle hocha docilement la tête.

"Je suis content que nous ayons fait ça."

"Moi aussi," répondit-il. "Mais nous ne devrions plus jamais refaire ça. Rendez-vous lundi."

Cristina hocha la tête, sachant que Paul avait déjà pris une décision ferme.

Maintenant, il y avait un malaise subtil entre eux.

Après avoir échangé quelques mots de plus, elle est partie en se demandant ce que Paul pensait d'elle.

TROISIÈME PARTIE
LE NOUVEAU EMPLOI

CHAPITRE 12

Plus tard dans la même nuit.

Cristina s'est assise devant son ordinateur et a cherché des moyens de solliciter de nouveaux clients.

Il a envoyé au moins une douzaine de courriels à différentes entreprises pour promouvoir son entreprise de restauration.

Je ne m'attendais pas à beaucoup de réponse, mais ça valait le coup d'essayer et je n'avais rien à perdre.

Le téléphone a sonné.

C'est sa mère qui a appelé pour vérifier à nouveau.

Ils ont fait leur conversation habituelle et il n'y avait pas grand chose à dire.

"Gérer ma propre entreprise est difficile", a déploré Cristina.

"Tu t'attendais à ce que ce soit facile?"

"Je ne sais pas à quoi je m'attendais. Cela ne me dérange pas de travailler dur. J'aime cuisiner pour d'autres personnes. Mais, mon Dieu, j'ai besoin de plus de clients."

"D'après mon expérience, les affaires sont ce que vous connaissez," répondit sa mère. "De nombreuses entreprises sont issues de relations personnelles. Alors sortez et essayez de rencontrer de nouvelles personnes au lieu de chercher en ligne."

«C'est logique, je suppose.

"Je suppose? Quand ai-je tort?"

"Je ne sais pas."

«Ne sois pas si déprimée, Cristina,» dit sa mère. "Beaucoup de gens ont du mal avec une nouvelle entreprise. Continuez d'essayer."

"Merci maman."

"Comment ça va avec Paul? Est-ce qu'il te paie toujours généreusement?"

"C'est compliqué," soupira Cristina. "Mais oui, il paie toujours bien."

"Il semble être un gars compliqué."

«Tu n'en connais même pas la moitié.

Il y eut une pause au téléphone.

«A-t-il essayé quelque chose avec toi? demanda prudemment sa mère.

Cristina s'empressa de mentir.

"Pas question. Bien sûr que non."

"Vous pouvez me dire la vérité. Je suis là pour vous."

«Maman, ce n'est pas mon genre. Si jamais je bougeais, je le frapperais à la tête avec tout ce qu'il a cuisiné ce jour-là.

"Cela ressemble à l'esprit de la Cristina que je connais," gloussa sa mère.

«Hypothétiquement parlant, et si je le faisais? Je veux dire, comment te sentirais-tu?

"Si Paul a fait un geste?"

"Oui," répondit Cristina. "Comment te sentirais-tu?"

Il y eut une autre pause sur la ligne.

«Je suppose que c'est à vous. S'il vous a invité, c'est votre décision.

"Vraiment?"

«C'est ta décision, Cristina. Mais s'il essayait de te toucher les fesses dans la cuisine, alors je te suggérerais de lui verser un peu de ta fameuse sauce piquante sur sa tête.

"Bien sûr que oui," répondit Cristina d'une voix sarcastique.

"Il semble que vous ayez quelque chose en tête."

«Plus maintenant. Merci maman, tu es la meilleure. Je dois te quitter.

"Au revoir je t'aime."

"Je t'aime aussi maman."

L'appel se termina et Cristina se pencha en arrière sur sa chaise.

Elle pensa à Paul et à l'orgasme qu'elle avait reçu ce jour-là.

Il se souvenait encore très bien des sentiments.

Chaque contact, chaque émotion.

La sensation du bois dur contre votre corps.

La sensation de la main de Paul contre sa chatte.

Et, surtout, l'orgasme.

La domination n'a jamais été son truc, mais ça faisait du bien.

Il a cherché en ligne et recherché différents termes.

Cela lui donna à nouveau l'impression d'être une étudiante tout en faisant des recherches.

Il a fait plusieurs recherches sur l'esclavage et ses plaisirs.

Elle a regardé plusieurs images.

Cela l'excita à nouveau et elle glissa une main sur sa culotte.

CHAPITRE 13

Lundi matin.

Cristina a fait un effort pour bien paraître lorsqu'elle est allée chez Paul.

Elle portait une robe bleue et ses cheveux étaient bien coiffés.

Paul n'a pas prêté beaucoup d'attention à son apparence lorsqu'il a ouvert la porte pour la laisser entrer.

"Nous pouvons parler?" Demanda Cristina. «Pour les affaires, je veux dire.

"Bien sûr."

"Super. Attends."

Cristina mit la nourriture dans la cuisine et alla dans le salon spacieux où Paul s'était assis.

Elle s'assit en face de lui.

"J'ai beaucoup réfléchi ce week-end", a-t-il déclaré. "À propos de notre relation".

"Moi aussi," dit-il, ne la laissant pas finir ses pensées. "Je pense que nous devrions mettre fin à cela. Il est clair pour moi que notre relation commerciale a été compromise. J'ai déjà commencé à chercher un remplaçant pour mes besoins domestiques."

Cristina se figea pendant un moment alors que la nouvelle tombait lentement sur elle.

"Quoi? Non. Ce n'est pas ce que je voulais."

"Je pense que c'est pour le mieux," répondit-il. "Vous êtes une jeune femme brillante. Vous trouverez votre place dans ce monde."

Le regard abasourdi resta sur son visage. "

Ce n'est pas ce que je m'attendais à entendre. Je pensais que notre conversation allait être très différente. "

"Qu'est-ce que vous attendiez?"

«Je suis venu ici pour vous dire que je voulais continuer, vous savez, ce que nous avons fait vendredi dernier.

Il haussa un sourcil.

"Vraiment ? Et pourquoi veux-tu ça ?"

"Dois-je vraiment le dire ?"

"Oui."

Elle prit une profonde inspiration.

«Évidemment, j'aime travailler ici. J'apprécie les avantages. Je pense que tu es un grand patron, le meilleur que je pouvais avoir. Et ce que nous avons fait la semaine dernière, dans la salle, j'ai vraiment aimé. Je pense que j'avais peur au début, mais j'ai beaucoup réfléchi , et cela ne me dérangerait pas si nous continuons. "

"Intéressant."

"Ça tu crois ?" elle a demandé.

«Tu n'es pas aussi timide que je le pensais. Je n'aurais jamais pensé que tu venais me dire ces choses directement. Je suis impressionné.

Elle sourit, «merci».

"Que devrait-il se passer ensuite ?"

"Je ne sais pas," il haussa les épaules maladroitement. "Cela dépend de vous. Mais j'aimerais que notre relation commerciale se poursuive."

«Sois courageuse, Cristina. Dis-moi ce qui va se passer ensuite. Dans cette minute. Je veux savoir ce que tu as en tête. Surprends-moi.

Elle rassembla son courage et lança à Paul un regard déterminé.

Ses lèvres se resserrèrent et son nez se rétrécit légèrement.

Ses yeux étaient fixés sur Paul, qui était stoïque, attendant qu'elle fasse quelque chose d'audacieux.

Cristina se leva et brossa sa robe avec ses mains.

Ses doigts s'enroulèrent autour des bretelles de sa robe.

Elle écarta les bretelles et déplaça son corps, permettant à la robe de tomber sur le sol.

Elle se tenait devant Paul dans son soutien-gorge et culotte blancs, avec sa belle robe autour de ses chevilles.

"Qu'es-tu en train de faire?" elle a demandé sans émotion.

"Je montre mon dévouement au travail."

«Peut-être que vous m'avez mal compris. Je ne pense pas que ce soit la bonne voie pour vous.

"Tu ne me dis pas d'arrêter," répondit-elle. "Et je ne t'entends pas te plaindre non plus."

Les yeux de Paul erraient sur son corps à peine vêtu.

Elle avait une carrure moyenne, un peu mince.

Petits seins et hanches étroites.

Il était clair qu'il faisait rarement de l'exercice car son tonus musculaire était faible.

«Vous êtes assez attirante», a-t-elle noté.

Elle ôta sa robe et fit plusieurs pas en avant jusqu'à ce qu'elle se tienne directement devant Paul.

«Voici l'affaire», dit-il courageusement. "La nouvelle offre. Je serai votre fournisseur exclusif. Je serai également votre modèle lorsque vous le jugerez nécessaire. Vous pouvez me faire jouir si vous voulez. Si je me sens vraiment bien, je vous rendrai la pareille gratuitement."

Il haussa un sourcil.

"Voulez-vous rendre la pareille?"

"Je vais vous faire jouir. Libre. Je ne suis pas une prostituée. Pensez-y comme une gratification d'un destinataire reconnaissant."

"Cela ressemble à une relation commerciale inhabituelle."

"Nous avons déjà franchi la ligne de toute façon", a-t-il déclaré.

"Je vais devoir y réfléchir."

Cristina se pencha et attrapa le poignet de Paul, attrapant sa culotte.

Il toucha l'extérieur de sa culotte et se frotta entre ses jambes.

«Réfléchissez vite», dit-elle. "Sinon, je retirerai l'offre."

Il eut un demi-sourire.

"La nouvelle audacieuse Cristina. J'aime ça."

"Moi aussi."

Paul pressa ses doigts plus fort contre la culotte de Cristina.

Elle gémit au contact chaud.

Elle gémit encore plus alors que Paul glissait sa main dans sa culotte, touchant sa chatte nue.

Elle était excitée et cela ne faisait aucun doute.

"Tu es mouillé," nota-t-il en la regardant.

"Je sais."

"Enlève ton soutien-gorge. Laisse-moi te voir."

Cristina tendit la main pour défaire son soutien-gorge et le jeta sur le canapé.

Ses petits seins guillerets ont été libérés.

Ses mamelons étaient roses et petits.

Ils se durcirent rapidement à cause de l'air froid et de l'excitation sexuelle évidente.

Elle a résisté à l'envie de se couvrir les seins avec ses mains parce qu'elle s'était toujours sentie en insécurité sur sa poitrine.

Mais elle essaya d'être courageuse et poussa sa poitrine en avant.

"Tu aimes?" elle a demandé.

"J'aime les seins de chaque femme. Chacun est unique et spécial à sa manière. Le vôtre ne fait pas exception. Ils sont charmants."

"Merci Monsieur."

"Monsieur?" il a demandé rhétoriquement. "Je pense que tu sais ce que j'aime."

"Et qu'est-ce que vous aimez?" elle a demandé timidement.

"Propriété."

"Oh ..."

Paul a utilisé ses deux mains pour tirer la culotte de Cristina au sol, laissant la fille complètement nue, de la tête aux pieds.

Il se leva et prit Cristina par la main.

«Suivez-moi», dit-il. "Il y a quelque chose que je voudrais vous montrer."

Il conduisit Cristina dans le couloir tout en lui tenant la main d'une manière romantique.

Cristina était nerveuse, mais a suivi le rythme.

Elle savait qu'ils se dirigeaient vers la salle de bondage.

L'idée la rendit excitée et nerveuse.

La porte était entrouverte et Paul l'ouvrit.

Il a allumé les lumières et ils sont entrés.

L'air était froid, rendant les mamelons de Cristina encore plus durs.

Son regard se déplaça autour de lui et il se demanda ce que Paul avait prévu.

«Vous avez un nouvel ensemble de responsabilités», a déclaré Paul. «J'attends une obéissance totale. Je t'attends nue à tout moment. Compris?

"Oui, je comprends."

«Appuie-toi sur la table», dit-il. «Sur ton ventre. Je vais t'attacher. Je veux que tu reviennes.

"Oui monsieur."

Cristina regarda la table intimidante.

C'était une table différente de la précédente.

Mais cela semblait tout aussi inconfortable et douloureux.

Le bois avait l'air vieux et le cadre en métal aussi.

Il était inutile de se plaindre.

Elle fit ce qu'on lui avait dit et posa ses seins et son ventre nus sur la table en bois.

C'était plus inconfortable que ce à quoi je m'attendais.

Le bois était froid et irritait les mamelons sensibles.

Ses yeux regardaient le sol.

Elle entendit Paul traverser la pièce avant de s'approcher d'elle.

«Je vais te ligoter», dit-il. "Détendez vos bras et vos jambes. C'est un processus simple si vous êtes calme."

"Bon."

"Tu es sûr de vouloir ça?"

"Oui," répondit-elle.

"Parce que?"

"Parce que je veux revenir."

Cristina n'a reçu aucune réponse.

Au lieu de cela, elle sentit Paul attacher chacune de ses chevilles au cadre métallique froid de la table.

C'était inconfortable et un peu effrayant.

Chaque nœud était très serré.

La corde était épaisse, ce qui lui faisait mal à la peau.

Le même processus a été effectué sur ses poignets.

Chaque poupée était attachée au cadre métallique de la même manière.

Lorsqu'il eut terminé, ses chevilles et ses poignets étaient étroitement liés à la table.

Elle était sur le ventre, le ventre nu et ses seins fermement pressés sur la surface en bois.

C'était un sentiment assez terrifiant de savoir qu'il avait donné à Paul un pouvoir absolu sur son corps.

Elle était clairement et complètement impuissante.

Quelque chose a frappé ses fesses nues.

C'était dur, mais en même temps doux.

Je n'étais pas sûr de ce que c'était.

Puis elle sentit les doigts de Paul effleurer ses fesses.

"Ça te dérange si je te touche comme ça?" demanda-t-il, connaissant la réponse.

"Ne pas."

"Bien. J'aime ta peau. Tu es très tendre ..."

La main de Paul erra le long de ses fesses, sentant chaque courbe.

Il massa chacune de ses fesses avec ses mains fortes.

Puis elle sentit quelque chose de dur toucher à nouveau ses fesses.

Il avait une surface courbe lisse.

"Qu'est ce que c'est?" elle a demandé.

"C'est un vibrateur. En avez-vous déjà utilisé un?"

"Ne pas."

"Voudriez-vous le sentir?"

"Je suis ouvert à cela."

"Bonne fille."

Un bourdonnement retentit soudain dans la pièce et envoya un frisson dans la colonne vertébrale de Cristina.

Ses yeux sont restés fixés sur le sol pendant qu'il écoutait le bourdonnement.

Son corps sursauta violemment alors que le bourdonnement touchait le bout de son clitoris.

C'était douloureux, dans le mauvais sens et dans le bon sens.

Elle a essayé de la combattre, en combattant les cordes, ce qui était inutile.

Le bourdonnement s'est arrêté.

«On va finir ça? Je demande.

"Non. S'il vous plaît, non. Je vais arrêter de bouger."

Contrôlez-vous Cristina.

Le bourdonnement est revenu lorsque le vibreur a été à nouveau activé.

Il toucha son clitoris et Cristina fit de son mieux pour rester immobile.

Elle a combattu l'envie de se battre en acceptant la sensation de vibration contre sa zone la plus sensible.

Il fit onduler ses doigts violemment.

Il serra les dents en refermant sa mâchoire.

Ses poings se crispèrent fermement.

Avoir son clitoris torturé avec un vibromasseur était la dernière chose à laquelle elle s'attendait.

Il bourdonnait et bourdonnait.

La pointe du vibromasseur se tenait contre son clitoris jusqu'à ce qu'elle pense qu'il allait exploser.

Juste avant qu'elle n'ait été sur le point de crier d'agonie, Paul a déplacé le vibromasseur et l'a enfoncé dans sa chatte.

C'était un sentiment surréaliste.

Cela faisait longtemps qu'elle n'avait pas été pénétrée avec plus que ses doigts.

La vibration à l'intérieur de sa chatte était un mélange de douleur et de plaisir.

Paul poussa et tira habilement le sextoy.

Cristina a fait de son mieux pour ne pas crier.

"Vous vous amusez avec ça?" il a demandé en plaisantant.

Cristina haleta.

"Je ... je ... euh ..."

"Oui ou non?"

"Oui! Dieu, oui."

Paul a poussé l'appareil encore plus loin dans la chatte de Cristina, la faisant haleter davantage.

Il était presque essoufflé quand il pénétra complètement dans son corps.

Ses bras et ses jambes tiraient sur les cordes, mais en vain.

Elle était piégée avec le puissant vibrateur à l'intérieur de son vagin humide.

"Tu es proche?" Je demande.

Elle a lutté pour les mots.

"Oui presque..."

"Viens pour moi, bébé."

Le vibrateur a été poussé et tiré dans la chatte de Cristina sans pitié.

Elle a essayé de détendre son corps, ce qui a toujours facilité son orgasme.

Elle a fait de son mieux pour détendre les muscles vaginaux de l'étirement, permettant à Paul de s'en tirer.

Son orgasme était imminent à cause du vibrateur.

Et c'était un orgasme pas comme je n'avais jamais ressenti auparavant.

Être ligoté et fouetté alors qu'un objet vibrant poussait à l'intérieur de sa chatte était une combinaison puissante.

Les orteils de Cristina s'arquèrent davantage et ses poings se serraient plus fort.

Chaque muscle de son corps se contracta.

Ses halètements et ses gémissements s'intensifièrent.

"Oh mon Dieu ... oh mon Dieu ... oh mon Dieu ..."

Soudain, l'appareil est passé à une vitesse plus élevée et les vibrations sont devenues beaucoup plus fortes.

Cristina a crié à la puissante vibration alors qu'elle était poussée et entraînée dans sa chatte.

Elle a pleuré.

Puis elle a sangloté de manière incontrôlable lorsqu'elle a atteint son apogée.

Une vague de liquides jaillit de l'intérieur de sa chatte, gâchant la table et laissant une flaque d'eau sur le sol dur.

Plus de poussées provenaient du vibrateur électrique jusqu'à ce que les fluides s'arrêtent.

Paul a retiré le vibromasseur de la chatte de Cristina, ce qui a fait un bourdonnement fort.

Puis il l'a éteint.

Lorsque l'agression vaginale a finalement pris fin, la chatte de Cristina était en désordre dégoulinant.

Son humidité était comme une petite rivière orgasmique.

Sa chatte brillait de ses fluides vaginaux.

La table était mouillée.

Et les fluides tombaient au sol comme un robinet ruisselant.

Cristina était à peine consciente alors qu'elle retrouvait lentement son calme.

C'était de loin le meilleur orgasme qu'elle ait jamais connu.

Il entendit les pas de Paul s'approcher de sa tête.

Paul se pencha et embrassa ses cheveux.

Elle se demanda pourquoi Paul ne l'avait pas encore déliée.

«Nous ... nous avons ... fini ...» réussit-il à parler.

"Pas encore. Tu te souviens de ta promesse?"

"Laquelle d'entre elles?" gémit-elle.

«Tu as dit que si je te faisais jouir, tu me rendrais la pareille. Alors, comment te sentait ton orgasme?

"Un ... putain ... incroyable," lâcha-t-il.

Paul lui sourit.

"Bonne fille. Maintenant, avez-vous envie de rendre la pareille?"

«Oui monsieur. Voulez-vous me détacher?

"Je t'aime dans cette position."

Cristina entendit le bruit de l'ouverture du pantalon de Paul.

Elle savait exactement ce que Paul voulait.

Il était toujours debout à côté de son visage, ce qui signifiait qu'il n'était pas intéressé à la baiser, du moins pas ce jour-là.

Elle leva les yeux quand Paul s'approcha de son visage.

Elle vit sa bite dure pointée directement sur ses lèvres.

C'était évident ce qu'il voulait.

Avec un cœur lubrique, Cristina ouvrit la bouche tandis que Paul faisait un autre pas en avant, entrant entre ses lèvres.

Il n'y avait pas de processus de ressenti et il n'y avait pas de temps pour s'adapter.

Paul poussa simplement ses hanches en avant pour que Cristina puisse sucer comme une bonne soumise devrait le faire.

"Mon Dieu. Tu as des lèvres comme un ange," dit-il, impressionné par ce qu'il ressentait sur sa bite.

Le sexe oral n'a jamais été l'affaire de Cristina.

Elle n'a jamais été très douée dans ce domaine et ce n'était jamais sa préférence.

Mais avec Paul, elle avait hâte de lui plaire.

Surtout avec la puissante sensation orgasmique qui traversait encore son corps.

Son manque de compétences n'était pas un problème puisque son corps était toujours attaché à la table.

Paul a fait tout le travail, poussant doucement ses hanches d'un côté à l'autre.

Tout ce dont il avait besoin était une bouche chaude pour baiser.

Tout ce que Cristina avait à faire était de garder ses lèvres serrées autour du membre dur de Paul et de le sucer.

"Merde, je vais venir," grogna Paul. "Et tu vas l'avaler."

Son sens du commandement était excitant pour Cristina, pour une raison qu'elle ne pouvait pas comprendre.

Elle sentit les mains de Paul frotter ses cheveux pendant qu'elle suçait.

Il sentit son membre devenir encore plus raide dans sa bouche.

Elle faisait de son mieux pour utiliser sa langue sur son membre, qui lui avait toujours dit qu'elle se sentait bien.

La bite s'enfonça dans sa bouche, la rendant nauséeuse.

Le réflexe nauséeux était terrible.

Mais Paul a imaginé tout ce que Cristina pouvait supporter, donc il n'a jamais poussé trop fort.

C'était le signal d'un professionnel, se dit-elle.

Elle regarda Paul se caresser jusqu'à l'orgasme, alors que le bout de son érection était toujours dans sa bouche.

Elle garda ses lèvres étroitement fermées autour de lui.

Paul grogna en la caressant furieusement.

Quelques secondes plus tard, sa langue était couverte de sperme de Paul.

Jet après jet.

Il avait une saveur différente.

Elle avala sa salive pour empêcher sa bouche de déborder.

Quelques secondes plus tard, le sperme s'est arrêté et Cristina a tout avalé.

"OMG," dit Paul, tirant sa bite de sa bouche. "C'était merveilleux. Où as-tu appris à sucer comme ça?"

Il se pencha un instant, avant de se lever pour fermer son pantalon.

Puis il se pencha pour délier Cristina.

Quand elle a été libérée, elle a caressé ses propres poignets et chevilles, qui avaient des marques rouge foncé.

Elle s'est vite rendu compte qu'elle était encore complètement nue et qu'elle ne s'en souciait plus.

Elle aimait être nue devant Paul.

"J'ai vraiment apprécié toute l'expérience", a-t-il déclaré avec confiance.

Paul lui toucha le cou et l'embrassa sur le front, puis davantage sur les joues.

Enfin, il a planté plusieurs baisers sur ses cheveux.

"Moi aussi. Notre association va très bien fonctionner. Pensez à toutes les possibilités que nous pouvons partager ensemble."

"Je sais."

"Tu es comme un papillon, grandissant sous mes yeux", dit-il.

"Tout est de ta faute," sourit-il. «Maintenant, si vous voulez bien m'excuser, j'ai fait quelque chose de très spécial pour le déjeuner. Vous allez adorer. Je suis sûr que vous avez mis en appétit, alors je ferais mieux de le préparer maintenant.

Cristina se leva et se dirigea nue vers la porte.

Il y avait de la confiance dans sa démarche.

Elle adorait être nue.

C'était amusant.

Des liquides coulaient le long de ses jambes.

Le goût du sperme était toujours dans sa bouche.

Puis elle s'arrêta lorsqu'elle atteignit la porte, et se tourna pour regarder Paul, fier de son corps nu.

Elle lui a dit de ne pas s'inquiéter du désordre dans la pièce, qu'elle la nettoyerait plus tard.

Cela faisait partie de ses fonctions nouvellement découvertes.

CHEF SOUMISE 2
LE MASTER CHEF

MICHAEL

81

CHAPITRE I

Depuis qu'elle était petite, elle savait qu'elle voulait être chef.

J'ai travaillé très dur pour que ce rêve devienne réalité et j'ai finalement eu tout ce que j'avais toujours voulu quand, alors que je servais des repas pour Paul, il m'a recommandé et j'ai obtenu le poste de chef cuisinier dans l'un des meilleurs restaurants de New York.

Mais arriver au sommet a eu ses effets secondaires sur ma vie personnelle.

À 28 ans, j'ai très peu d'amis et, bien que j'aie eu quelques petits amis, je n'avais aucun intérêt amoureux sérieux avec aucun.

J'ai rencontré Michael et son frère aîné Tony dans un marché de producteurs locaux où je vais souvent.

Ils étaient copropriétaires d'un camion de nourriture et traînaient au marché fermier chaque semaine.

Environ un an après les avoir rencontrés, Tony s'est vu offrir un poste de chef cuisinier dans un restaurant local et Michael ne voulait pas garder le food truck seul.

Un chef de mon restaurant est parti récemment après avoir eu une autre chance.

J'ai donc engagé Michael pour le remplacer.

Nous avons très bien travaillé ensemble depuis le début.

Nous avons réussi à maintenir une relation de travail même si j'étais très attirée par lui.

La plupart des gens diraient que Michael avait l'air normal.

Cependant, j'ai trouvé que c'était magnifique.

Michael mesure environ 1,80 et pesait peut-être 85 kilos.

Il a les cheveux noirs courts et en désordre.

Il porte une demi-barbe tout le temps et a de beaux yeux noisette.

CHAPITRE II

Après avoir fermé le restaurant pour la nuit, Michael, moi-même et quelques autres du restaurant sortaient souvent, dînaient et buvaient du vin pour se détendre après une longue journée de travail.

Il est vraiment drôle.

J'espère donc pouvoir laisser tomber le moment venu.

Michael et moi nous sommes faufilés pour une course de temps en temps, quand nous le pouvions.

J'adore courir avec lui.

Il ne porte souvent pas de chemise et sa sueur brille sur son corps.

Je pense que j'aimerais passer ma langue sur son corps en sueur.

J'imagine qu'ils sont tous les deux chauds et en sueur pendant que nous baisons.

Mais je devais me débarrasser de ces pensées et me concentrer sur la course, pas sur lui.

Je ne pourrais pas me mélanger dans une relation avec quelqu'un avec qui je travaille et qui est aussi mon employé.

Quoi qu'il en soit, je ne sais pas si cela vous plairait.

Je mesure 1,65, je pèse environ 60 kilos, j'ai les cheveux ondulés jusqu'aux épaules, quelques grains de beauté et maintenant je porte des lunettes à monture noire.

Je ne suis pas trop maigre, je suis peut-être mignonne, mais je ne suis pas belle.

Je ne suis pas ce que vous appelleriez le rêve de tout homme, du moins c'est comme ça que je me voyais.

Un jour, nous nous préparions pour le dîner et Michael était trop gentil avec moi.

Nous avons toujours plaisanté et passé un bon moment au restaurant, mais ce soir c'était différent.

Toute la nuit, il trouvait des raisons de me toucher excessivement.

S'il avait besoin de quelque chose qui était à côté de moi au lieu de marcher pour l'obtenir, il venait derrière moi et me caressait le cul.

Une fois que je parlais à un autre chef qui travaillait à la gare devant la mienne, il est venu derrière moi et était si proche que je pouvais sentir la chaleur de son corps.

Je pouvais l'entendre respirer profondément alors qu'il sentait mes cheveux.

Je pouvais sentir son souffle sur mon cou, ce qui me faisait frissonner le corps.

Une autre fois, je cherchais quelque chose sur les hautes étagères, ce qui est un problème courant pour les petites filles comme moi, et il est venu derrière moi pour m'aider et a frotté son entrejambe contre mes fesses.

À l'époque, elle n'était pas sûre de ce qui lui était arrivé.

Mais j'aimais ça.

J'imaginais qu'il me forcerait, là dans la cuisine, et qu'il me baiserait par derrière.

Rien que de penser que ça m'a fait mouiller.

J'ai essayé de ne pas lui faire comprendre que je le ressentais et je priais pour que personne d'autre ne le remarque.

Je devais garder le contrôle de la cuisine et plus cela me touchait, plus il devenait difficile de se concentrer sur la sortie de ces plats à l'heure du dîner en temps opportun.

J'ai réussi à passer le service avec tout bien servi et à temps.

CHAPITRE III

Nous fermions pour la nuit et Martin, un lave-vaisselle, est sorti, laissant Michael et moi finir le ménage.

Ma tête tournait après un service aussi chargé et pour couronner le tout, Michael avait les mains et l'entrejambe sur moi toute la nuit.

Je me demandais de quoi il s'agissait de toute façon.

Il n'a jamais été aussi physique avec moi.

Nous plaisantons et taquinons, mais jamais rien de physique.

Nous avions fini pour la nuit et étions en route pour rencontrer d'autres collègues et chefs à notre endroit préféré pour dîner et sortir après le travail.

Nous n'y allions généralement qu'à pied car ce n'était qu'à quelques pâtés de maisons.

J'ai fermé la porte et nous avons commencé à marcher dans l'allée et j'ai senti Michael mettre sa main sur mon dos pendant que nous parlions.

C'est bien, pensai-je, rien de nocif ici.

Il cherche probablement juste pour moi.

Nous avons continué à marcher et sa main s'est déplacée plus bas sur mes fesses et s'est serrée.

Je me suis retourné et lui ai crié dessus.

"Michael, qu'est-ce que tu fais? Tu m'as posé les mains toute la nuit! J'ai essayé de l'ignorer en pensant que tu arrêterais ou que peut-être que tu n'avais pas réalisé ce que tu faisais. Mais ça ... c'est déjà évident".

Je l'ai dit en le regardant avec mon meilleur regard, maintenant tu dois me répondre.

Michael regarda autour de lui comme s'il essayait de trouver les mots pour expliquer son comportement.

Puis il a finalement parlé.

"Cristina ... Je t'aime depuis que nous nous sommes rencontrés au marché des fermiers. Mais je n'ai jamais pu avoir le courage de te le dire.

Je ne pensais pas que tu donnerais une chance à un gars comme moi."
Michael a expliqué.

L'interrompant, je lui ai demandé:

«Alors tu pensais pouvoir me dire que tu t'intéressais à moi en me
serrant le cul?

«Je sais, mais j'ai entendu dire que tu avais un côté soumis, Cristina,
je suis désolé pour que je te caresse les fesses. Il fit une pause et continua,
"Et ce matin dans notre course, tu avais l'air si excitée qu'il m'a fallu tout
ce que je pouvais pour ne pas t'emmener dans un endroit isolé du parc
et te baiser là-bas. Je pense à toi tout le temps." "

J'étais abasourdi.

Michael pense à moi et fait l'amour avec moi?

Avez-vous remarqué que je suis soumis et que j'aime la domination?

Comment est-ce possible?

Il pense que je suis sexy et veut me baiser?

Et après tout ce temps tu me le dis?

J'ai caché les mêmes sentiments pour lui, parce que j'avais peur du
rejet et lui aussi avait peur du rejet.

Je me sentais perdu dans sa déclaration, mais je me sentais aussi
libéré.

Pouvons-nous faire cela?

Michael m'a alors attiré plus près de lui et m'a regardé dans les yeux.

C'était comme s'il cherchait à être accepté et approuvé.

Sa bouche était si délicieuse, ses yeux brûlant profondément dans
mon âme.

Puis c'est arrivé.

CHAPITRE IV

Michael a lacé sa main dans mes cheveux et m'a attiré encore plus près et m'a embrassé.

Ce fut un long, dur, passionné et très chaud.

Je me suis éloigné et je me suis évanoui d'excitation.

Je pouvais sentir mon cœur battre.

«Michael, je voulais ça depuis si longtemps. Je t'aimais aussi depuis le moment où nous nous sommes rencontrés et je ne pensais pas que tu me donnerais une chance. Puis nous sommes devenus de si bons amis que je ne voulais pas gâcher ça. M'a dit.

"Cristina, pendant ce temps de travail ensemble, j'ai vu comment tu prends en main la cuisine, tu exige le respect et le personnel te le donne parce que tu le mérites. Tout le monde t'aime. Tu es la reine de la cuisine. Tu es un parfait Domme. Tu es adorable! J'aime la façon dont vous rangez vos cheveux derrière vos adorables petites oreilles. J'adore la façon dont vous chantez pour vous-même et dansez quand vous ne pensez pas que quelqu'un est là ou que vous n'écoutez pas. "

Michael a plaidé.

«S'il te plaît, ne pense pas si peu à toi. Parce que je ne pense pas.

Puis avant que je sache ce qu'il faisait, je l'ai attiré vers moi et nous nous sommes de nouveau embrassés.

Nos mains étaient l'une sur l'autre.

Je n'en pouvais plus.

Je l'ai aimé.

J'en avais besoin

MAINTENANT!!

Alors que nous nous embrassions et nous nous touchaions, Michael m'attira contre l'arrière du bâtiment.

Il a enlevé le manteau de mon chef pendant qu'il m'embrassait et me léchait l'oreille puis mon cou.

Ses mains descendirent jusqu'à mon pantalon et il les ouvrit et les décompressa lentement.

Je mets mes mains sur ses épaules pour me stabiliser.

Il s'est agenouillé et pendant que j'enlevais mon pantalon, il m'a embrassé le ventre, jusqu'aux hanches, puis à l'intérieur de mes cuisses.

Finalement, il a enlevé mon pantalon et l'a jeté avec mon manteau.

Mon esprit tournait à mille heures, mon cœur battait vite.

Il ne pouvait pas croire que cela allait enfin arriver.

Et de tous les endroits où cela pouvait être, c'était derrière le restaurant et dans une ruelle sombre.

Mais je ne m'en souciais plus.

Je voulais tellement avoir Michael en moi.

Ma chatte commençait à palpiter et à se mouiller.

Michael m'a alors regardé avec des yeux fous et a dit:

« Tu es sûre de ça Cristina ? On peut arrêter quand tu veux. Dis-moi juste, d'accord ?

Essayant de reprendre mon souffle, je lui ai assuré:

"Je n'ai jamais été aussi sûr de rien de ma vie".

CHAPITRE V

Il a commencé à embrasser l'intérieur de mes cuisses.

Laissant une traînée de baisers doux et tendres.

Quand il est arrivé à ma chatte humide, il a pris une profonde inspiration et je pouvais le voir sourire.

Il accrocha ses doigts sous ma culotte rouge et les fit glisser vers le bas pour les écarter de ce qui l'attendait en dessous.

Puis il a commencé à m'embrasser partout dans ma chatte, mais sans la toucher encore.

J'ai réalisé qu'il s'amusait à se moquer de moi.

Finalement, après quelques minutes de cela, il plongea sa langue entre les plis de ma chatte humide et lécha le jus qui l'attendait.

J'ai mis mes mains dans ses cheveux et il a soulevé ma jambe sur l'une de ses épaules pour un accès plus facile.

C'était si bon.

Il dévorait ma chatte.

Il a commencé un rythme de sucer d'abord mon clitoris, puis sa langue baise mon trou anal, puis lécher de mon trou humide à mon clitoris et recommencer.

Il l'a fait encore et encore.

C'était si bon.

Je voulais qu'il mette sa langue et ses doigts dans mon anus.

Qu'il me mette contre le mur et me force fort en mettant sa bite par derrière.

Mais je n'ai jamais été mangé comme ça auparavant.

Michael était très bon et j'en ai apprécié chaque minute.

Je ne savais pas combien je pourrais en supporter jusqu'à mon arrivée.

Il a ensuite enfoncé un doigt en moi, le faisant glisser vers l'intérieur et l'extérieur pendant qu'il suçait mon clitoris.

Cela a continué pendant quelques minutes de plus.

Et je n'en pouvais plus.

«Michael, je vais venir si tu ne t'arrêtes pas!

Il ne s'est pas arrêté, il était implacable.

J'ai réalisé qu'il voulait que je vienne.

Alors je me suis finalement laissé aller.

"Aaahhhh, baise Michael!" Je gémis en courant sur son visage.

Mon corps tremblait alors que des vagues de plaisir me submergeaient.

Michael n'a pas gaspillé une goutte de mon jus, alors qu'il s'accrochait à moi.

Alors qu'il commençait à se lever pour me rattraper, il a commencé à s'embrasser jusqu'à mon nombril, puis à décoller lentement ma camisole noire.

J'ai commencé à avoir peur que quelqu'un nous écoute.

J'ai regardé des deux côtés, mais je n'ai vu personne.

J'avais déjà enlevé mon soutien-gorge rouge.

Mes seins bonnet C s'adaptent parfaitement à ses mains chaudes alors qu'il les serrait.

Il a commencé à sucer mes mamelons dressés.

De temps en temps, il les mordait légèrement, envoyant un rayon de plaisir dans ma chatte.

Il a travaillé sur mes deux seins pendant que je griffais son dos et son beau cul.

Je ne sais pas pourquoi nous avions attendu si longtemps pour nous dire comment nous nous sentions et maintenant nous sommes dans une ruelle sombre en train de nous préparer à baiser!

Cela devenait trop difficile pour moi, alors je l'ai attiré plus près et l'ai embrassé.

Il pouvait me goûter dans sa bouche.

C'était doux et c'était très sale et excitant de profiter de mon jus avec.

J'ai commencé à me perdre dans l'étreinte.

J'ai senti comment nos âmes étaient connectées d'une manière que je n'avais jamais ressentie auparavant avec personne.

Interrompant mes pensées, il m'a soudain retourné et m'a mis devant le mur de briques.

J'ai enfoncé mes fesses dans son entrejambe, le suppliant de faire ce qu'il voulait le plus.

Il écarta mes jambes et déboutonna son pantalon.

Je pouvais le sentir frotter sa grosse bite palpitante de haut en bas dans mon cul, puis dans ma chatte.

S'arrêter à l'ouverture de mon sexe.

"Michael, s'il te plaît, prends-moi par derrière maintenant!" Je l'ai supplié.

"C'est ce que tu veux pute? Cristina, dis-moi, supplie-moi de te baiser dans le cul"

Il a commencé à tremper lentement le bout de sa bite dans mon trou serré et a mouillé son doigt avec mon jus, puis en est ressorti.

Se moquant de moi.

Son manque de respect m'a excité comme jamais auparavant.

"Oui, s'il vous plaît monsieur. Baise-moi. Baise-moi fort. Très fort." Dis-je en me retournant un peu et en le regardant.

Ses yeux étaient pleins de passion et de désir, pour moi.

Soudain, il s'est écrasé sur moi à la fois.

Me donnant tout ce qu'il avait, les huit pouces à l'intérieur de mon cul!

C'était si bon.

Je ne pouvais pas croire à quel point c'était grand et douloureux en moi.

Me remplir complètement.

"Aaahhhh putain! Ouais ouais ouais! Donne-le moi! Plus fort! Baise-moi plus fort! Fesse-moi!"

Il a commencé à me gifler sur les fesses en me poussant fort contre le mur.

Son sexe a glissé presque complètement à l'intérieur de mon anus à cause de la forte poussée qu'il m'a donnée.

Puis il a commencé à le retirer et à ne laisser que sa tête à l'intérieur et il s'est de nouveau écrasé contre moi.

Il l'a fait plusieurs fois.

Ça faisait de moins en moins mal et le plaisir était de plus en plus incroyable.

J'ai appuyé mes bras contre le mur pour pouvoir continuer à le tenir avec cette force.

Tout en tenant ma taille d'une main et mon épaule de l'autre, il a continué à me baiser fort.

Puis il a ralenti et nous avons commencé un battement.

J'ai reculé en trouvant chacun de ses coups.

C'était hypnotique et c'était génial.

Puis il a enlevé sa main de mon épaule, a touché mon clitoris et a commencé à travailler pendant qu'il continuait à me baiser le cul.

J'avais l'impression que j'allais revenir.

Mais il a dû sentir mes muscles se tendre et s'arrêter.

« Tu ne peux toujours pas venir, salope, je veux venir avec toi cette fois Cristina.

Michael a chuchoté les mots obscènes dans mon oreille alors qu'il sortait sa grosse bite de mon anus dilaté.

Puis il s'est mis à genoux et a commencé à m'embrasser le cul, en commençant au début de mon cul et en terminant à mon trou dilaté.

Cela m'a pris par surprise.

Aucun de mes petits amis ou entreprises précédents, peu nombreux soient-ils, n'avait jamais essayé de m'embrasser le cul.

Mais je m'étais toujours demandé ce que ça ferait.

Maintenant j'ai ma chance.

Il a pris le contrôle complet de ma chatte et de mes fesses aussi.

Travailler l'anus avec sa langue, puis enfoncer un doigt, puis deux.

Prenant lentement son temps pour le préparer.

Il leva la main et commença à jouer avec mon clitoris.

Mes genoux s'affaiblissaient.

Toute cette stimulation était formidable, mais elle était également accablante.

"Michael, s'il te plaît! Je ne pourrai pas en supporter beaucoup plus. Donne-moi ce que tu as et fais-moi venir!" Lui ai-je demandé, haletant de désir. "Mais fais-le dur, je veux que tu me domines. Fais ce que tu veux de moi."

Michael m'a regardé avec étonnement et m'a donné ce que je voulais, ce que nous voulions tous les deux.

D'abord, il a mis sa bite dans ma chatte humide pour la lubrifier à nouveau.

Et puis je pouvais le sentir à nouveau dans mon trou. Il a rapidement poussé la tête et sans attendre que je sois prêt, il a introduit tout son membre en moi. Ça faisait déjà très mal, mais putain, c'était super bien.

Il me sentit tendu et commença rapidement à basculer d'avant en arrière, me donnant de plus en plus de profondeur à chaque fois.

Plus fort, plus sauvage.

C'était super chaud.

J'avais envie de me fesser à nouveau, me giflant à chaque fois qu'il poussait sa grosse bite en moi.

C'était exquis!

Elle me sentit plus tendue et commença à me baiser encore plus fort.

Tenant ma taille à deux mains, il se glissa de plus en plus profondément en moi jusqu'à ce que je puisse sentir ses couilles gifler contre ma chatte humide.

C'était si bon.

Nous avons augmenté la vitesse et cela prenait tout.

Je me sentais si plein.

Il a frappé mon cul puni et rougi encore et encore.

"Ooooohhhh ... Aaahhhh ... Putain Michael ... quelle bite dure tu as. C'est si bon, s'il te plaît ne t'arrête pas." Je l'ai supplié.

"Salope, je n'ai pas l'intention d'arrêter de si tôt. Tu te sens trop bien et j'ai attendu longtemps pour ça. Je vais te baiser jusqu'à ce que tu t'évanouisses." Ne chuchota Michael en me fessant une fois de plus.

Mais ses paroles ont été le déclencheur.

Il a commencé à me baiser encore plus fort et à jouer à nouveau avec mon clitoris.

Je ne pouvais plus attendre plus longtemps et j'ai commencé à jouir fort.

Des mots sortaient de ma bouche dont je ne suis même pas sûr d'être cohérents.

Je pouvais le sentir pomper plus vite et sa bite gonfler dans mon cul.

Puis il a laissé tomber sa charge sur mon cul, le remplissant.

Puis s'échappant de mes fesses, se mélangeant avec mon jus coulant sur mes cuisses.

Il a pompé encore quelques fois en s'assurant de tout laisser en moi.

Mon corps se tordit dans un plaisir exquis.

Quand nous avons tous deux fini de profiter de nos orgasmes tant attendus, nous sommes tombés au sol.

Je m'assis sur ses genoux en me retournant et en essayant d'embrasser son visage.

Il m'a regardé dans les yeux et moi dans ses beaux yeux noisette.

Les deux incrédules quant à ce que nous venons de faire.

Il a lentement glissé de mon cul.

CHAPITRE VI

Au bout d'un moment, Michael a mis mes cheveux derrière mes oreilles et a dit:

"Cristina, je suis tellement désolée que cela m'ait pris si longtemps pour te dire ce que je ressens. Mais je suis contente que tu ressens la même chose pour moi. Je n'ai jamais ressenti ça pour personne autant que toi."

Quand les larmes ont commencé à couler sur mon visage, puisque je ne m'étais jamais sentie aussi heureuse et comprise auparavant, j'ai dit la seule chose que je pouvais.

"Je ressens la même chose!"

Nous nous sommes assis là pendant quelques minutes de plus à nous étreindre, jusqu'à ce que nous entendions quelqu'un descendre dans l'allée.

Nous nous sommes dépêchés de nous habiller et avons couru dans l'autre sens avant que quiconque ne puisse nous voir, éclatant de rire.

Quand nous sommes arrivés au restaurant pour sortir avec nos amis, tout le monde était déjà très excité.

Ils ont demandé où nous étions allés et nous avons trouvé une excuse.

Je ne pense pas qu'ils aient remarqué les grands sourires loufoques sur notre visage ou qu'ils se soient rendu compte que nous nous étions complètement baisés.

J'ai hâte de rentrer chez Michael pour le refaire aussi dur.

CHEF SOUMISE 3

LYDIA

CHAPITRE I

Tout a été un tourbillon ces dernières semaines.

Il y a quelques semaines, je baisais avec Michael uniquement dans mon imagination.

Mais depuis la première rencontre sexuelle de Michael avec moi dans la ruelle derrière le restaurant, tout avait changé.

Ce qui n'était arrivé que dans mes rêves s'était maintenant produit dans la vraie vie à plusieurs reprises.

En plus du sexe incroyable et dominant, Michael me fait me sentir spéciale, belle et désirée comme jamais auparavant.

Je viens d'une grande famille qui m'aime beaucoup.

Mais ils doivent m'aimer et me dire que je suis belle.

Michael n'a pas besoin de dire!

Il s'assure qu'il sait que je suis une fille spéciale pour lui.

Michael et moi passons le plus de temps possible ensemble.

Nous dormons presque toutes les nuits dans l'appartement l'un de l'autre.

En fait, il est ici chez moi en ce moment.

Il dort toujours dans mon lit.

Nous avons passé une longue nuit bien remplie au restaurant.

Nous évitons de sortir ensemble après comme nous le faisons habituellement.

Nous avons également réussi à garder notre romance cachée au travail et avec nos amis et notre famille.

Je n'avais pas prévu d'avoir une relation avec quelqu'un avec qui je travaille.

Je veux être sûr que cela fonctionnera, mais je ne sais pas comment cela pourrait affecter mon autorité en tant que chef cuisinier.

Je veux donc juste faire attention jusqu'à ce que nous soyons prêts à ce que tout le monde le sache.

CHAPITRE II

Il est huit heures du matin et je lui prépare son petit-déjeuner préféré depuis qu'il est enfant, juste avec une touche personnelle.

Cela comprend les crêpes combinées à la banane, à l'ananas et aux noix, garnies de crème fouettée et de hot-dogs sur le côté.

Et j'ai fait du café.

Toutes les odeurs du petit-déjeuner se mélangent dans l'air, ce qui fait que ça sent si bon ici!

Je ne porte que sa chemise et mes lunettes, bien sûr.

Mes cheveux sont en désordre depuis notre dernière nuit de grosse baise, mais j'ai essayé d'utiliser mes doigts pour les apprivoiser un peu.

J'ai mon groupe préféré qui joue sur Spotify

Une de mes chansons préférées joue partout dans la cuisine.

Je me balance d'un côté à l'autre, me perdant dans les paroles déchirantes de la chanson.

"Tu sais seulement ce que je veux que tu saches. Je sais tout ce que tu ne veux pas que je sache. Ta bouche est du poison, ta bouche est comme du vin. Tu penses que tes rêves sont les mêmes que les miens ... Oh, je ne sais pas. Non Je t'aime, mais demain je le ferai. Oh, je ne t'aime pas, mais à l'avenir je le ferai ... "

"Qu'est-ce qu'un homme peut demander de plus pour la première chose le matin?" Michael dit derrière moi, me surprenant. "Petit déjeuner, café et une fille sexy dans ma chemise" puis il me siffle.

Je me retourne pour voir Michael debout dans la porte de la cuisine dans son pantalon noir et gris et un regard errant sur son visage.

Ses yeux brillaient comme du feu, remplis de désir.

Ses lèvres douces et pulpeuses s'entrouvrirent légèrement, prêtes à être dévorées.

Je peux voir son drôle de renflement menant à un endroit délicieux que je connais très bien.

Ma bouche s'assécha en le voyant si divin.

"Êtes-vous prêt? Wow, j'ai tellement faim." Dit-il avec un sourire diabolique sur le visage.

Il a bon goût de ce dont j'ai faim en ce moment et ce n'est pas de la nourriture.

Et deux peuvent jouer à ce jeu.

"Si vous parlez de petit-déjeuner, alors oui." Je lui dis en me retournant et en commençant à préparer nos assiettes et tasses de café. "As-tu bien dormi? Je le sais. Je dors toujours mieux quand tu es dans mon lit. Surtout après un bon sexe!"

"Alors vous faites? Vous devez avoir très bien dormi la nuit dernière." Il me dit avec un clin d'œil et un sourire tordu.

Wow, j'aime sa bouche et les choses qu'elle en fait.

Je me dirige vers l'îlot de cuisine où Michael s'est assis et je m'assois avec lui pour notre café, puis nos assiettes de crêpes et de saucisses.

Quand je me suis assis, je me suis assuré de le toucher légèrement avec mes fesses.

«En fait, j'ai très bien dormi la nuit dernière, merci beaucoup. Maintenant mange, mon affamé!

Nous nous sommes assis l'un à côté de l'autre, nous touchant légèrement de temps en temps.

J'ai pris un doigt et l'ai traîné sur la crème fouettée qui recouvrait mes crêpes et l'ai lentement léché, en la regardant tout le temps.

Je pouvais le voir bouger sans relâche et je savais que je l'atteignais.

Cependant, Michael essayait de le cacher.

J'ai pris un de mes morceaux de saucisse et j'ai commencé à en sucer le jus.

J'appréciais chaque moment tentant de le taquiner.

Cela a continué pendant quelques minutes de plus, jusqu'à ce que Michael n'en puisse plus.

Michael se leva et me retourna sur mon tabouret pour qu'il puisse se tenir entre mes jambes et me regarder profondément dans les yeux.

Je pouvais voir qu'il était très excité.

Son érection faisait gonfler son bas de pyjama et il se rapprochait de plus en plus de ma chatte maintenant humide.

Il commence à lever sa main vers mon visage.

Pensant que j'allais rentrer mes cheveux derrière mon oreille comme il le faisait habituellement avant de m'embrasser.

J'ai été surpris qu'il continue d'avancer.

Il se penche, prend une partie de la crème fouettée de mes crêpes et porte ses doigts à ma bouche.

« Ouvrez-le », demande Michael.

Il est chaud comme l'enfer quand il est dominant.

J'ouvre la bouche et il fait glisser son doigt.

« Maintenant, merde. Il continue avec sa voix sévère.

Je fais ce qu'il me dit et je commence à lécher et sucer son doigt.

Ça avait un goût sucré.

Michael fit courir son autre main sur ma cuisse.

A chaque fois, il se rapprochait de plus en plus de ma féminité de plus en plus douloureuse.

Il met plus de crème fouettée sur son doigt.

Cette fois, le plaçant sous mon oreille, puis il le lécha avec sa langue si douce.

"Levez les bras". Michael me dit.

Encore une fois, je fais ce qu'il demande.

Puis il retire la chemise de mes bras et la jette de côté quelque part.

Me laissant complètement exposé.

Mes seins C-Cup sont maintenant nus et mes tétons sont durs car l'air frais du ventilateur de plafond les caresse.

Il continue de mettre de la crème fouettée sur ma clavicule, où j'ai un tatouage avec quelques petits oiseaux volants.

Ensuite, léchez la crème fouettée puis embrassez chaque oiseau.

Cela me fait sourire.

Puis Michael descend vers mes seins blancs dodus.

Il prend son temps à taquiner chaque téton, à se lécher et à sucer les uns après les autres.

Sa bouche sur mes seins est exquise et je commence à gémir quand il les mord doucement.

Il continue de frotter doucement ses mains sur l'intérieur de mes cuisses, me donnant la chair de poule sur tout mon corps.

Puis il m'attrape par la taille et me soulève vers le comptoir.

Il a dû déplacer mon assiette à un moment donné, je ne m'en suis même pas rendu compte.

Puis il remet de la crème fouettée sur son doigt.

Il me donne un doux et doux baiser.

Je titube à l'idée de savoir où va le doigt cette fois.

Puis il le glisse lentement dans ma chatte chaude et serrée.

Cependant, il plaisante beaucoup sur ce jeu.

Il faut toute la puissance en moi pour ne pas perdre le contrôle.

Mais à la fin, j'ai succombé à son rythme et je l'ai juste laissé me masturber la chatte.

J'emmêle mes mains dans ses cheveux alors que Michael continue d'envahir ma bouche avec sa langue.

Je commence à mordre et à tirer sur sa lèvre inférieure.

Je l'entends gémir.

Michael glisse un autre doigt et commence à les pomper plus rapidement et utilise son pouce pour travailler sur mon clitoris.

C'est incroyable!

"Michael! Ça fait tellement de bien. Ouais ... Continue comme ça." Je l'ai supplié.

Je prends une de mes mains et trace lentement son cou, son épaule, sa poitrine du bout des doigts.

Continuez à tracer ma main sur ce chemin.

Sur ce chemin sexy qui me mène à cet endroit que j'aime!

Je défais le cordon de son bas de pyjama et le tire doucement alors qu'ils tombent au sol.

Michael sort d'eux et les frappe.

Je commence à tâtonner son cul parfait.

Je passe mes ongles dans son dos et redescends pour retrouver le chemin heureux.

Cette fois, je l'ai suivi tout le long et j'ai enroulé mes petites mains autour de sa grosse bite dure et j'ai commencé à la pomper.

Plus je pompe vite son gros membre, plus vite ses doigts travaillent sur ma chatte.

«Cristina, tu es tellement sexy. Tu le sais, non? Il a dit que nous continuions à nous embrasser et qu'il continuait à me baiser et à jouer avec mon clitoris.

"Oui, je commence à croire ça. Mais tu me fais me sentir sexy." J'ai avoué en luttant pour retarder un orgasme que je sentais grandir en moi.

Michael a dû se sentir comme s'il était sur le point de venir alors qu'il retira rapidement ses doigts et enfouit son visage dans ma chatte au bord de l'orgasme.

Il suçait mon clitoris durement et travaillait sa langue sur mes lèvres.

Quand j'ai commencé à jouir, il a continué à lécher le jus qui coulait de moi.

Je me suis accroché à sa tête, le tenant en place sur ma chatte alors que je criais d'extase.

Il n'arrêtait pas de me lécher et de sucer alors que mon corps commençait à se tortiller alors que des vagues de plaisir balayaient mon corps.

CHAPITRE III

Quand mon corps a commencé à se calmer, Michael m'a regardé avec un scintillement dans les yeux et un grand sourire sur son visage et a dit:

"C'est mon tour!"

Michael m'a attrapé par la taille et m'a tiré du comptoir.

Assurez-vous de vous tenir fermement sur mes pieds avant de vous asseoir sur le tabouret.

"Ce serait mon plaisir, monsieur!" Dis-je timidement, alors que je commençais à me mettre à genoux sur lui.

J'ai tenu son énorme bite dans ma petite main, puis je me suis souvenu de la chantilly.

Je pense qu'il a besoin de se venger du match d'avant.

Je me lève et il m'attrape.

"Où penses-tu aller?" Il me dit.

"J'ai décidé que j'avais faim de plus que ta bite." J'ai répondu avec un sourire en cherchant la crème fouettée dans son assiette.

"Ooooohhhh, ça va être insupportable et merveilleux à la fois. Tu es si méchant." Michael a répondu, en s'appuyant contre le comptoir.

Puis j'ai mis de la crème fouettée dans sa bouche et l'ai embrassée doucement et léché le reste de ses lèvres.

Ensuite, j'en ai mis sur ses tétons et les ai sucés.

Passant sur le chemin heureux, j'en ai mis sur son nombril et l'ai léché.

Ensuite, j'ai eu un peu de crème fouettée et je l'ai mise tout le long du chemin, ce qui a conduit à mon endroit heureux!

Lentement j'ai commencé à le lécher, d'avant en arrière, de haut en bas, jusqu'à ce que je tombe sur sa belle grosse bite.

A présent, Michael gémissait et me donnait des coups de pied, mais je n'en ai pas encore fini avec lui.

Je prends un peu plus de crème fouettée et je l'étale légèrement sur la pointe, descendant le long de la tige et la base de son sexe.

Je le laisse là pendant que je tiens ses couilles et commence à les lécher.

Je suce chaque balle en le regardant me regarder.

Je peux voir dans ses yeux qu'il a déjà été suffisamment torturé, donc je ne serai plus méchant.

Enfin je fais attention à ce qu'il a voulu que je fasse, à ce qu'il me supplie des yeux.

En commençant par la base, je ramasse toute la crème fouettée dans ma bouche avec un gros coup de langue.

Puis, lentement, j'enroule ma bouche autour de lui et je prends la plupart du membre dans ma bouche la première fois.

Puis je commence à lui sucer la tête tout seul, pendant un moment.

"Putain bébé! Tu es trop gentille avec moi! Ta bouche est incroyable!"

Michael peut à peine parler avant que je ne le porte à ma bouche, tout le membre, à nouveau.

Alors je lance un assaut sur sa grosse bite.

Sucer et lécher sa grosse bite encore et encore.

Je suis implacable, je l'amène au bord de l'orgasme puis je m'arrête.

"Qu'est-ce que tu fais? J'étais presque là! Ne t'arrête pas." Dit-il avec des yeux brûlants.

"Je ne sais juste pas si j'ai plus faim. Tu devras me supplier si tu veux que je finisse." J'ai expliqué en bougeant légèrement ma langue sur le bout de sa queue. "Tu veux plus?"

"Oui, je veux que tu suces ma grosse bite jusqu'à ce que tu me fasses jouir, alors je veux que tu bois mon sperme et avale chaque goutte!" Il a commandé.

Puis il continua doucement:

"S'il te plaît et merci!"

"D'accord, puisque tu l'as dit si gentiment, je vais te donner ce que tu veux."

Puis j'ai recommencé à sucer sa bite.

Je descendais jusqu'à ses couilles car cela me faisait nauséeux.

J'étais très fier d'avoir réussi à contenir ma nausée et je suis revenu à la charge sur sa grosse bite.

Michael s'est levé et a tenu ma tête et je pouvais le sentir frapper le fond de ma gorge alors qu'il me baisait le visage.

J'ai attrapé ses fesses et les ai tenues pendant qu'il allait de plus en plus vite.

Je pouvais le sentir commencer à gonfler dans ma bouche.

Je savais qu'il s'apprêtait à faire sauter sa charge, alors je me suis accroché.

"Oohhh, oui, baise Cristina!" Il a crié en faisant voler sa charge qui est entrée dans ma bouche avec une grande force.

Alors que je prenais tout son sperme et l'avalais, Michael grogna et ordonna:

"C'est vrai, sois une bonne fille et avale tout bébé"

Il a pompé encore quelques fois alors que le dernier de son lait pénétrait dans ma bouche en attendant ses chocs.

Il m'a levé sur mes pieds.

Je me suis dit que ça avait été une pipe bien faite.

Vous l'avez vraiment beaucoup apprécié.

Michael pencha la tête et m'embrassa tendrement et me frotta légèrement le dos et les épaules.

Puis, me giflant fort sur le cul, il dit:

«Tu es une très mauvaise fille, tu te moques de moi comme tu l'as fait. Mais je ne t'aurais pas autrement.

«La même chose que je te dis chérie. Je t'aime. J'ai chuchoté dans ses oreilles, frottant la démangeaison sur mon cul. "Je vais finir de prendre le petit déjeuner."

Puis je l'ai embrassé sur la joue et nous avons fini le petit déjeuner.

CHAPITRE IV

C'est ainsi que la plupart des jours depuis que nous sommes ensemble.

Nous étions ludiques et nous aimions plaisanter les uns avec les autres.

Mais nous pourrions aussi être sérieux et mignons.

Je pense que la variété et le plaisir sont ce qui fait un couple formidable.

Du moins d'après mon expérience limitée, c'est ce qui semble fonctionner entre nous.

Plus tard dans la journée, Michael et moi sommes allés au restaurant pour nous préparer au travail.

J'étais dans les nuages.

D'abord de la bonne baise de la nuit précédente et maintenant de la matinée ludique que nous avons eue.

Je ne pouvais pas m'empêcher de sourire.

Je n'ai jamais été aussi heureux de ma vie.

Après avoir préparé les plats du dîner, il était temps de dévoiler le menu de ce soir aux serveurs.

Quand je suis sorti dans la salle à manger, je me suis arrêté dans mon élan.

Là, à table avec le reste du personnel et le propriétaire, était assise une nouvelle serveuse.

Elle était grande et, d'après sa silhouette athlétique, je pouvais dire qu'elle prenait bien soin d'elle-même.

Elle a des yeux bleu foncé qui ressemblaient à l'océan, des lèvres rouge rubis et de longs cheveux blonds bouclés.

J'ai été immédiatement rougi.

J'avais besoin de me ressaisir pour pouvoir vous parler du menu du dîner.

En expliquant les différents plats au personnel et en prenant tout cela, elle essaya de ne pas regarder la nouvelle serveuse.

Mais la regarder mettre la fourchette de ma nourriture dans sa bouche et la regarder apprécier c'était très chaud.

J'étais attirée par sa bouche et la façon dont il se léchait les lèvres après quelques bouchées.

La façon dont il fermait les yeux, gémissant légèrement et inclinant la tête en arrière était très enflammée.

C'était presque comme si elle essayait d'être sensuelle exprès.

Ils avaient enfin tout essayé et pouvaient parler aux clients du menu de ce soir avec une expérience de première main.

Il ne pouvait pas sortir assez vite du devant du magasin.

Alors je suis sorti par la porte arrière pour me rafraîchir un peu après ... après ... enfin, peu importe ce que c'était.

J'ai décidé de simplement brosser un peu.

C'est peut-être juste mes hormones ou quelque chose comme ça.

Ce n'est pas grand chose.

Puis je suis retourné à l'intérieur pour commencer notre service chargé.

J'avais hâte de sortir et de rencontrer la foule habituelle d'amis et de collègues au restaurant pour le dîner.

Ses nerfs étaient à la surface et elle avait besoin de se reposer.

CHAPITRE V

À la fin de la nuit, Michael m'a embrassé et m'a dit qu'il n'allait pas dîner au restaurant ce soir.

Il a quelques choses à faire le matin et il devait bientôt se coucher.

Alors je suis allé au restaurant seul.

C'est votre restaurant typique des années 60.

Ils ont une machine à disques vinyle qui joue de la musique aléatoire.

Et ils ont les meilleurs hamburgers et frites!

Il frappe vraiment la tache après une longue nuit bien remplie.

Quand je suis arrivé, tout était à peu près mort.

Il y avait quelques vieillards qui sont des habitués ici, au comptoir buvant du café et mangeant des gâteaux.

Dans un coin se trouvaient des adolescents qu'il n'avait jamais vus auparavant.

Puis il y avait notre groupe fou.

"Bonjour à tous!" Je leur crie dessus de la porte quand je les vois à notre table habituelle.

Ils étaient tous là.

Le frère de Michael Tony, Frankie, un chef d'un autre restaurant, John, un cuisinier, et Julia, une serveuse, tous deux du restaurant ... et ... OMG c'est elle!

C'est la nouvelle serveuse.

Comment, pourquoi, quoi ...

Je ne peux même pas terminer mes pensées quand je commence à sentir mes joues se réchauffer et ma chatte commence à picoter.

Je suppose que Julia a dû l'inviter à venir.

Ce sera une soirée intéressante.

Voyons comment cela se passe.

J'espère ne pas me ridiculiser.

Je pense à tout cela en cherchant un endroit pour m'asseoir.

Puis la nouvelle fille se lève.

«Bonjour, je m'appelle Lydia, la nouvelle fille. Tu peux t'asseoir à côté de moi si tu veux. Elle me raconte, avec un accent du sud et un sourire agréable.

Je regarde sa bouche pendant qu'elle me parle.

Puis il attrape ma main et me tire doucement vers la table.

"Bien sûr, je suppose. Ravi de vous rencontrer officiellement, Lydia. Je suis Cristina." Je lui ai dit.

Alors je me glisse dans le grand meuble dans le coin où Lydia était assise et elle s'assied à côté de moi.

Le frère de Michael, Tony, est à ma droite et Lydia est à ma gauche.

Frankie, John et Julia sont devant moi.

Nous avons tous commandé notre nourriture et nos boissons.

Lydia nous parle d'elle.

Elle vient de quelque part dans le Sud, ce qui ressort de son accent.

Il a déménagé ici pour sortir de sa petite ville remplie de beaucoup d'intérêts occupés dans sa vie personnelle.

Il n'aime pas que les gens connaissent toutes ses affaires, dit-il.

Puis il posa immédiatement sa main sur ma jambe et la serra, ce qui bien sûr me donna des frissons.

Qu'est-ce que tu essayes de dire?

Il me semble qu'il y a un message caché ici quelque part.

Nous parlons du travail et de la vie en général.

Puis Frankie commence à nous raconter une histoire hilarante sur une fille avec laquelle il est sorti récemment, qui a horriblement mal tourné.

Quand Frankie raconte son histoire, Lydia commence à frotter sa main contre ma jambe.

De haut en bas se rapprochant lentement de l'intérieur de mes cuisses, puis de ma chatte maintenant humide.

Mon Dieu, son toucher est si bon.

Je regarde autour de moi et vois si quelqu'un remarque ce qu'il fait, mais je vois que non.

Grâce à Dieu.

Mais comment puis-je ressentir ça?

J'adore Michael et je pensais que je n'aimais pas les femmes.

Mais elle m'a tellement chaud maintenant.

Je continue de l'imaginer dans mon lit, m'embrassant ... me léchant ...

"Wow! Tout cela a l'air si bien les gars. Vous avez tous trouvé un petit bijou!" Dit Lydia, interrompant mes pensées pour l'arrivée de la nourriture.

Soulagé que la nourriture soit là, je commence à manger mon hamburger et mes frites.

J'espère que Lydia me laisse seul maintenant.

Cependant, ce n'est pas le cas.

Bien qu'il n'ait plus sa main sur ma jambe, il lèche le jus et le sel de ses doigts, très lentement.

Je me rends compte que Frankie et Tony la regardent.

Je veux dire que la fille suce et fait un amuse-gueule.

Il nous montre qu'il a des talents de succion insensés et ils sont maintenant évidents.

Elle m'a tellement distrait et excité.

Je peux à peine manger ma nourriture.

Finalement, tout le monde a terminé et Frankie essaie de convaincre Lydia de l'accompagner.

Mais Lydia le rejette avec son charme du sud.

Alors lui et Tony partent, avec ce qui semble être des ennuis après cette exposition que Lydia vient de faire.

Julia regarde John, ils sont ensemble depuis quelques mois et dit:

"Êtes-vous prêt à rentrer chez vous? Je sais que je le suis!" Dit-elle avec une promesse claire dans les yeux.

Ensuite, ils vont ensemble.

"Et bien Lydia, je rentre à la maison. C'était sympa de passer du temps avec toi. Tu devrais revenir vers nous. Je pense que tu as été un succès!" Je lui ai dit.

Je me glisse hors du placard et me dirige vers la porte.

«Oui, je pense que je reviendrai. Tu as marché ici? Si c'est le cas, je peux marcher avec toi. J'habite très près, très près du restaurant, mais je n'aime pas vraiment être seul à cette heure de la nuit. Lydia m'avoue alors qu'elle me suit hors du restaurant.

Cela semble effrayant, mais il y a quelque chose de plus, mais je ne sais pas quoi.

"Bien sûr, j'habite à un pâté de maisons du restaurant, donc c'est parfait." Je lui ai dit.

Puis il attrape ma main et me dit merci.

En marchant, elle m'en dit plus sur sa famille à la maison.

Je lui parle aussi du mien.

Nous avons eu des vies assez similaires en grandissant.

C'est tellement agréable de parler de ces choses avec quelqu'un qui comprend la vie des petites villes.

Quand nous nous tenons devant sa maison, elle lâche ma main et se tourne vers moi, met ses mains autour de ma taille et dit:

«Eh bien Cristina, merci de m'avoir raccompagnée à la maison. C'était agréable de te parler et de mieux te connaître. Cependant, j'aimerais mieux te connaître.

Puis il se penche et m'embrasse.

Sa bouche est aussi douce et douce que je l'imaginais.

Sa langue a envahi ma bouche quand je l'ai ouverte pour l'inviter à l'intérieur.

Ça a le goût des cerises.

Je me perds dans le baiser.

Ses mains touchent mon cul et me tirent vers elle.

Mais je viens rapidement à la réalité et je réalise ce que je fais.

Je ne peux pas faire ça, pas à Michael.

Alors je m'éloigne et dis:

«Je suis désolé de t'avoir donné un pied ou quelque chose comme ça, mais j'ai un petit ami que j'aime beaucoup et je ne peux pas lui faire ça. Je pense que tu es belle et vraiment gentille. Mais ... je ne peux pas.

«Cristina, tu es une fille adorable et je ne suis pas étonnée que tu vois quelqu'un. Je serais surprise si tu n'étais pas vraiment comme ça. Lydia me répond.

Je ne sais pas quoi penser.

"Si tu sais que je suis avec quelqu'un, pourquoi me piques-tu?"

Je vous demande de prendre du recul.

«Cristina, j'ai remarqué ta réaction à mon égard lors de la dégustation du menu. Je t'ai vu me regarder et comment tu as rougi. Ensuite, tu m'as laissé te frotter la jambe dans le restaurant.

Elle commence à frotter son doigt sur mes lèvres.

Puis continuez:

"Je sais que tu pensais à moi. Pensant à ce que tu veux que je te fasse. Tu voulais que je t'embrasse comme ça."

Puis elle plante un baiser sur mon cou.

"Voulez-vous que je vous touche".

Puis il place une de ses mains sur mes fesses presque sur ma chatte.

"Tu veux que je te lèche, ici"

Puis il a placé son autre main sur ma chatte et a commencé à la caresser.

J'apprécie ce qu'elle me fait.

Embrasser mon cou, jouer avec mon cul et maintenant avec ma chatte!

C'est tellement bon, mais méchant et audacieux en même temps.

«Je sais que tu me veux Cristina, et c'est normal de laisser tomber et de permettre que cela se produise. S'il te plaît, viens avec moi. Je ne te ferai rien avec quoi tu ne te sens pas à l'aise. Je le promets.

Elle me prend la main et je la suis.

C'est comme si ses paroles m'enchantaient.
Elle m'a tellement en chaleur en ce moment.
Je suis du mastic entre vos mains.

CHAPITRE VI

Nous entrons dans son appartement et elle joue de la musique.

C'était 30 Seconds to Mars, mon groupe préféré!

Je ne pouvais pas y croire.

La chanson était "The Kill".

Le son remplit le salon.

Je ferme les yeux et commence à me balancer d'avant en arrière à la lettre.

"Est-ce que tu aimes cette chanson Cristina?" Demande Lydia en me tendant un verre de vin blanc.

"Ouais en fait 30 Seconds to Mars est mon groupe préféré!" Je lui dis alors qu'il s'assoit à côté de moi sur le canapé.

Nous nous asseyons et buvons notre vin et écoutons la chanson.

Lydia posa son verre sur la table puis me prit le mien pour le poser également sur la table.

Elle allume des bougies qui sont sur la table.

Puis il reporte son attention sur moi.

Elle commence à passer le dos de ses mains sur mes épaules, le long de mon bras et de nouveau sur mes épaules.

Puis il amène ses doigts sur ma poitrine et trace le décolleté de ma chemise violette et embrasse là où étaient ses doigts.

Soudain, j'ai su que je la voulais et rien d'autre pour le moment.

J'attrape son menton et rapproche son visage du mien.

Je regarde dans ses yeux d'un bleu profond pendant un moment puis je prends possession de sa bouche avec la mienne.

Baise passionnément sa belle bouche.

Mes mains sont enlacées dans ses cheveux alors que je le tire doucement.

"Ahhhhh ..." Lydia gémit dans ma bouche.

Lydia commence à enlever mon chemisier puis mon soutien-gorge noir.

Elle s'arrête pour lécher chaque téton.

Puis j'enlève son débardeur rose et son soutien-gorge en dentelle rose.

Dieu!

Elle a vraiment un corps incroyable et des seins pleins et opulents.

Ils devraient être au moins un bonnet D, peut-être le double D.

Je prends ses seins souples dans ma bouche et suce un mamelon.

Je pince l'autre pour qu'il ne se sente pas exclu.

Pendant que je travaille ses seins, elle commence à déboutonner son jean puis déboutonne le mien.

Je relâche ses seins et Lydia m'attire sur le canapé.

Ça me coupe le souffle, ça a l'air si sexy!

Je ne peux pas croire que cela arrive.

Je ne peux pas croire que je ressens cela si fortement pour elle.

Lydia pose ses doigts sur ma taille et abaisse mon pantalon.

J'essaye de l'aider en essayant de leur donner un coup de pied.

Finalement, elle les retire de mes pieds.

Je suis allongé sur son canapé complètement nu, à l'exception de mon string noir.

Elle soulève mon pied et commence à sucer les orteils de mon pied gauche.

Puis il m'embrasse en remontant ma jambe, jusqu'à l'intérieur de ma cuisse.

Puis il recommence sur mes orteils sur mon pied droit et remonte ma jambe jusqu'à l'intérieur de ma cuisse.

Des baisers doux et chauds réchauffent ma peau.

Je respire plus fort qu'avant.

Je peux sentir les bougies parfumées à la noix de coco que vous avez allumées plus tôt.

J'adore l'odeur de la plage et maintenant cela me rappelle ses yeux bleus océan.

Je la regarde et elle me regarde attentivement, laissant une traînée de baisers sur ma peau pâle.

Quand il atteint ma chatte, commencez par lécher les deux côtés de mes lèvres extérieures.

Il tire ensuite mon string sur le côté et passe sa langue sur mon clitoris gonflé.

Elle le fait encore et encore.

Aller de plus en plus vite.

Puis il plonge sa langue dans mes lèvres intérieures et commence à lécher.

Elle prend le jus qui est déjà présent dans ma chatte humide.

Puis il recommence à sucer mon clitoris.

"Putain Lydia! Oh mon Dieu! C'est tellement bon chéri" lui dis-je entre deux respirations.

Je me penche et mets ma main dans ses cheveux et joue avec mes seins de ma main libre.

Mais elle prend mes mains et les place de chaque côté de moi et continue de me sucer sans manquer un battement.

Elle est dominante et implacable et cela m'excite encore plus.

Il continue de sucer et maintenant ses doigts travaillent sur ma chatte trempée.

Je ne sais pas combien je peux en supporter avant de tomber vers l'orgasme.

"Ooooohhhh! Mon Dieu!" Je crie quand mon corps commence à trembler.

Lydia essaie d'attraper mes mains alors que je bouge sous sa bouche adroite.

"D'accord, laisse tomber. Arrête de t'accrocher et trouve ta libération." Elle m'encourage.

Ses paroles étaient ce que j'avais besoin d'entendre et je l'ai lâchée.

Elle a relâché mes mains et a tenu mon cul pendant qu'elle continuait à manger ma chatte.

J'ai commencé à venir très fort.

Mon corps convulsait.

Des vagues d'extase ont commencé à me submerger.

Il flottait de plus en plus loin de la réalité.

Jusqu'à ce que j'aie fini l'orgasme le plus incroyable que j'aie jamais eu de ma vie.

CHAPITRE VII

Une fois que j'ai repris mon souffle, Lydia m'a embrassé sur tout mon corps, prenant son temps sur mes seins.

Puis il a continué et a continué à m'embrasser sur la bouche.

Je pourrais y goûter mon jus.

Il avait un goût si doux mélangé avec son brillant à lèvres cerise que j'avais l'impression qu'il était là, en elle. maintenant.

L'odeur des bougies mélangées m'excitait à nouveau.

Je l'ai attrapée et me suis retournée pour qu'elle soit sous moi.

Je l'ai embrassée fort, mordant et tirant sur sa lèvre inférieure.

Cela la fit gémir.

Il posa sa main sur mon visage et frotta ma joue avec son pouce.

C'était si doux et ça m'a fait sourire.

Nous nous regardons dans les yeux un instant.

Puis j'ai commencé à lui embrasser l'oreille.

Grignotant et suçant légèrement son lobe d'oreille.

Elle commence à fredonner.

J'ai adoré le son qu'il faisait parce qu'il aimait ce que je fais.

J'ai commencé à bouger et à l'embrasser le long de son cou, sur sa clavicule et sur sa poitrine.

Elle joue avec mes cheveux.

Je lèche entre ses énormes seins, absorbant son odeur comme il me l'a fait.

Ensuite, je continue à descendre jusqu'à son nombril.

Elle a un ventre serré avec des abdos incroyables.

Je lèche son nombril et mets ma langue en elle.

Puis je commence à me déplacer plus au sud.

Je l'embrasse sur les hanches puis sur la petite piste d'atterrissage qui mène à sa chatte humide.

Je prends une profonde inspiration et elle sent bon.

Son bourdonnement devient plus fort quand je prends mon premier coup de langue sur la chatte de cette femme.

Elle avait un goût sucré comme une pêche.

J'ai levé les yeux pour voir s'il appréciait ça, et ses yeux étaient fermés, sa bouche était ouverte, et j'ai réalisé qu'il haletait.

Il semble qu'elle en profite.

Je continue à lécher et à explorer sa chatte avec ma langue.

Je trouve son clitoris et je le tape rapidement avec ma langue puis je commence à le sucer.

Les mains de Lydia vont immédiatement à ma tête alors qu'elle me fait signe de continuer.

Alors je continue à sucer son clitoris.

Puis je glisse un doigt dans sa chatte.

C'est très serré.

Je ne peux pas m'empêcher de me demander si elle a déjà été avec un homme avant.

Je travaille sa chatte jusqu'à ce que je la desserre un peu puis fais glisser un autre doigt.

Je continue à sucer et à lécher son clitoris pendant que je la baise avec mes doigts.

Ensuite, j'ai mis mon pouce dans son trou du cul serré et j'ai commencé à le frotter.

Cela dure un moment et je commence à la sentir trembler.

Je sais qu'elle est proche, alors je commence vraiment à pomper mes doigts plus rapidement dans et hors de sa chatte serrée.

Je suce plus fort son clitoris et lui frotte le cul plus vite.

Il s'accroche à ma tête plus fort et commence à pousser son bassin alors qu'il devient dur.

Son jus commence à sortir d'elle et je prends tout ce que je peux attraper avec ma bouche.

Elle commence à redescendre de son orgasme alors je caresse légèrement son corps alors qu'elle commence à se tortiller.

J'arrête.

Je lève la main et l'embrasse.

«C'était incroyable Lydia! J'ai adoré te voir venir comme ça! J'ai dit.

"Es-tu sûr que les femmes ne t'intéressent pas? Ce qui est sûr, c'est que tu sais utiliser ta bouche!" Elle me demanda.

"Non, je n'étais pas intéressé. Mais j'espère que ce n'est pas la dernière fois que je le fais non plus!" Je lui dis avec un sourire obscène sur mon visage avec son jus.

"J'espère que non non plus. Je veux que tu me fasses ça encore plusieurs fois!" Dit Lydia avec un sourire satisfait.

FIN